# 달빛 속을
# 걷다

Night and Moonlight

헨리 데이비드 소로
조애리 옮김

# 달빛 속을 걷다

Night and Moonlight

헨리 데이비드 소로

차례

# 달빛 속을 걷다

몇 년 전 우연히 달빛 속을 걸었는데, 깊은 감동을 받았다. 밤 산책을 좀 더 자주 하면서 자연의 다양한 면모를 알고 싶어졌고, 그 후로 종종 밤 산책에 나섰다.

플리니우스[1]에 따르면 아라비아에는 달나라 돌이 있는데, "그 돌 속에 하얀 점이 있어 달이 커지면 커지고 달이 작아지면 줄어든다."라고 한다. 지난 1~2년간 내 일기는 이런 의미에서 달나라 돌과 유사하다.

우리 대다수가 한밤을 중앙아프리카처럼 여기지 않는가? 차드호[2]까지 들어가 탐험하고 나일강의 수원지를, 어쩌면 달의 산을 보고 싶어 하지 않는가? 거기서 풍성한 자연, 정신적 풍요, 아름다움을 찾을 수 있지 않을까? 한밤의 중앙아프리카에서 달을 보면 달 속 산에 나일강의 수원지가 숨어 있다. 나일강 탐험이 아직 폭포나 백나일강까지밖에 진행되지 않았지

1 Gaius Plinius Secundus(23~79): 로마의 정치가·박물학자.

2 아프리카 중북부에 있는 호수.

만 우리는 달빛 속에서 흑나일강까지 탐험한다.

밤의 영역 중 일부를 정복해서 신문에 그 계절 최고 광경으로 보도한다든지, 사람들이 잠든 사이에 펼쳐지는 이 아름다운 광경을 묘사한 시를 쓴다면 그것도 선행(善行)일 것이다.

분명히 밤은 낮보다 더 새롭고 덜 세속적이다. 나는 밤의 안색을 살피는 정도였다. 덧문 사이로 달을 봤을 뿐이다. 왜 그때는 조금이라도 그 달빛 속을 걷지 않았을까?

달이 한 달 동안 제시하는 것을 자세히 살펴본다면, 확실치는 않지만 문학이나 종교의 세계와는 아주 다르지 않을까? 그러나 왜 이런 산스크리트어는 공부하지 않을까? 달은 시의 세계, 즉 기이한 가르침과 신탁을 보여 주다가 사라진다. 이렇게 다양한 암시를 주는 존재를 제대로 활용하지도 않았는데 사라지면 어떻게 하나? 제대로 보지도 못했는데 사라지면 어떻게 하나?

차머스 박사[3]는 콜리지[4]를 비판하면서 자신은 주위에서 볼 수 있는 사상을 원하지 먼 하늘의 사상을 원하지는 않는다고 분명히 말했다. 그런 사람은 분명 달을 보지 못할 것이다. 달은 결코 스스로 이면을 드러내지 않으니까. 아주 현실적이지 못한 생각에 대해 자연스럽게 달빛 같은 생각이라고 비난하거나 그런 별명을 붙인다. 그런 것이 달빛 같다고 치자. 그러면 달빛이 비치지 않는 밤에 여행을 해 보라. 아주 작은 별빛만 비쳐도 고마워할 것이다. 별은 우리에게 때로는 크게 때

3 Alexander Chalmers(1759~1834): 영국 스코틀랜드의 전기 작가·편집자·저널리스트.

4 Samuel Taylor Coleridge(1772~1834): 대표적인 영국 낭만파 시인·비평가.

로는 작게 보인다. 나로서는 천상의 사고의 일면만 보아도, 무지개나 노을 진 하늘의 일부만 보아도 감사할 것이다.

사람들은 달빛에 대해 아는 척하며 그럴싸하게 비하한다. 그것은 마치 부엉이가 햇빛에 대해 말하는 것과 같다. 부엉이가 본 햇빛은 결코 여러분이 본 햇빛과 같지 않을 것이다. 그러나 흔히 자신들이 이해하지 못한 무언가를 달빛 같다고 한다. 사실 달빛은 깨어 있으면 볼 수 있을 텐데 자느라고 보지 못한 아주 가치 있는 것을 의미한다.

생각에 잠겨 달빛 속을 걷는 사람은 달빛만으로도 만족하고 그 빛은 그의 내면의 빛과 잘 어울린다. 달빛이 햇빛만큼 강하거나 밝지는 않지만 비치는 빛의 양이나 지상과 인간에게 미치는 영향만 가지고 달을 판단해서는 안 된다. "달은 지구 쪽으로 이끌리고, 지구도 마찬가지로 달 쪽으로 이끌린다." 달빛을 받으며 걷는 시인은 달빛의 영향을 받은 생각의 흐름을 의식한다. 나는 이런 생각의 흐름을 일상적인 산만한 생각들로부터 떼어 놓으려고 한다. 나는 사람들에게 밤에 이런 이야기를 들려주려 한다는 걸 이해해 달라고 부탁한다. 나의 생각을 대낮의 기준으로 판단해서는 안 된다. 드레이크[5]의 『여행기』에서 웨이퍼는 다리엔만[6]에 사는 인디언 부족 알비노에 대해서 이렇게 말한다. "그들은 피부가 아주 하얗다. 그러나 창백한 유럽인의 흰 피부색과는 아주 다르다. 얼굴에 홍조나 붉은 기가 전혀 없어 마치 백마처럼 하얗다. 그들의 아주

5 Sir Francis Drake(1545~1596): 영국인으로는 처음으로 세계 일주를 했다. 1588년 스페인의 무적함대를 격파하여 해적 출신으로서는 파격적으로 작위를 받았다.

6 파나마 동북부와 콜롬비아 서북부 사이에 있는 카리브해의 만.

가는 눈썹은 머리카락과 마찬가지로 우윳빛이다. 체질상 그들에게 햇빛은 맞지 않는다. 특히 눈이 약하고 잘 짓물러서 금방 눈물이 나오기 때문에 낮에는 밖을 돌아다니지 않는다. 하지만 달빛 속에서는 사물을 아주 잘 보기 때문에, 달 눈을 가진 사람이라고 불리기도 한다."

이렇게 달빛 속을 걸을 때는 우리 생각에도 "홍조나 붉은기가 전혀 없다."라는 생각이 든다. 달과 길게 대화를 나누고 나면 지적으로나 도덕적으로 알비노, 즉 엔디미온[7]의 자녀가 된다.

나는 북극 탐험자들이 못마땅하다. 북극의 독특한 황량함이나 밤새 지속되는 북극의 석양에 대해 충분히 이야기해 주지 않기 때문이다. 그러므로 달빛을 주제로 글 쓰는 사람은 쉽지 않더라도 달빛에 대해서만 충분히 설명해 주어야 한다.

사람들은 보통 낮에 걷지 밤에는 거의 걷지 않는다. 아주 다른 계절, 예를 들어 7월의 밤을 보자. 10시 무렵 하루가 거의 다 저물고, 사람들이 잠들면 소 떼가 조용히 여물을 먹는 쓸쓸한 목장 위에도 아름답게 달빛이 비친다. 이때 사방에 새로운 것이 나타난다. 태양 대신 달과 별이, 개똥지빠귀 대신 쏙독새가, 초원의 나비 대신 나는 불빛, 즉 반딧불이 나타난다. 누가 이 광경을 믿겠는가? 반딧불이 반짝이는 이슬 맺힌 거처에는 어떤 섬세하고 멋진 생명체가 살까? 마찬가지로 사람도 눈, 피, 뇌 속에 불길을 가지고 있다. 새의 노래 대신 뻐꾸기의 목메는 소리, 개구리의 꽥꽥 소리, 귀뚜라미의 강렬한 꿈이 펼쳐진다. 그러나 무엇보다도 메인주에서 조지아주까지

7 그리스 신화에서 달의 여신 셀레네의 사랑을 받은 목동.

멋진 황소개구리 소리가 울려 퍼진다. 목배풍등이 꼿꼿하게 몸을 세우고 옥수수가 쑥쑥 자라고, 덤불이 갑자기 나타나고, 끝없이 곡물밭이 펼쳐진다. 한때는 인디언이 가꾸던 강변에는 군대처럼 일렬로 선 옥수수가 산들바람에 맞춰 머리를 까딱인다.

밭 한가운데는 홍수에 휩쓸린 것 같은 작은 나무와 덤불이 보인다. 바위와 나무, 덤불과 언덕의 그림자가 실제보다 더 뚜렷하게 보인다. 땅이 조금만 고르지 않아도 그림자 때문에 땅이 아주 울퉁불퉁해 보인다. 실제로 밟을 때는 비교적 평지여도 달빛 아래서는 다기 다양한 험난한 풍경으로 보인다. 같은 이유로 풍경 전체가 낮보다는 훨씬 다양하고 훨씬 더 그림 같다. 바위 사이의 아주 작은 틈도 아주 깜깜한 동굴처럼 보이고, 숲의 고사리도 키가 아주 큰 열대 식물처럼 보인다. 숲길을 걷다 보면 웃자란 소귀나무와 쪽빛 식물 때문에 몸통까지 축축해진다. 덤불참나무의 잎은 물이라도 뿌려 놓은 것처럼 반짝인다. 나무 사이로 보이는 연못은 하늘처럼 빛으로 가득 차 있다. 『푸라나』[8]에 쓰인 대로 "낮의 빛이 그들의 가슴속으로 피난 와 있다." 하얀 물체는 모두 낮보다 더 뚜렷하게 보인다. 먼 산의 낭떠러지는 형광빛으로 보인다. 숲은 어둡고 깊고, 자연은 잠들어 있다. 숲 모퉁이에 있는 나무 그루터기에 달빛이 비치면 마치 달이 바로 그 그루터기를 선택한 것처럼 보인다. 달빛이 부서지는 나무 그루터기를 보면 새모래덩굴속 식물처럼 보인다. 마치 달이 그곳에 그 식물을 심어 놓은 것 같다.

8 고대 인도의 힌두교 성전.

밤에는 눈이 반쯤 감기고 머릿속으로만 생각한다. 눈 이외의 감각들이 주도권을 갖는다. 눈 못지않게 냄새를 따라 걸어간다. 이제 나무마다, 밭마다, 숲마다 향기가 난다. 초원에서는 야생 진달래 향기가, 길에서는 들국화 향기가 난다. 갓 수염이 자란 옥수수에서는 특유의 식물 마른 냄새가 난다. 전에는 본 적이 없는 실개천에서 졸졸대는 소리가 난다. 가끔 언덕 꼭대기에서 따뜻한 공기가 확 밀려온다. 정오의 무더운 평야에 있다가 올라온 공기도 낮 이야기를 들려준다. 화창한 정오 시간 이마의 땀을 닦는 노동자와 꽃 사이에서 윙윙대는 꿀벌의 이야기를. 그것은 사람들이 숨을 쉬고 일을 한 공기다. 해가 지자 그 공기는 주인 잃은 개처럼 숲과 언덕을 헤맨다. 낮에 태양의 온기를 흡수한 돌은 밤새도록 따뜻하다. 모래도 마찬가지여서, 조금만 파헤치면 곧 따뜻한 모래가 나온다.

자정에 황량한 언덕 꼭대기의 덤불로 싸인 바위에 누워 별이 반짝이는 하늘을 바라보고 그 높이를 가늠해 본다. 별은 밤의 보석이다. 낮에 보이는 어떤 물체보다 더 아름답다. 바람이 몹시 불던 날, 나와 함께 항해하던 친구가 달 밝은 밤에 항해할 때는 극한 상황에서도 별 몇 개만 희미하게 빛나면 이럭저럭 꾸려 나갈 수 있다고 말한 적이 있다. 별은 항상 얻을 수 있는 빵과 치즈 같다고 했다.

점성술사들은 사람마다 자신의 별이 있다고 생각하는데, 그것도 전혀 놀랍지 않다. 실베스터의 번역에 의하면 뒤바르타스[9]는 말한다.

9 Du Bartas(1584~1603): 프랑스의 시인·외교관·군인. 7일 동안의 천지 창조를

위대한 건축가가 둥근 하늘을 이런 불꽃으로 장식한 것은
단지 과시하기 위해서가 아니다.
이처럼 빛나는 방패를 만든 것은
들에서 양을 돌보는 불쌍한 양치기를 깨우기 위해서도 아니다.
정원에 둥글게 심어 놓은 꽃이나 강둑에서 흔히 보이는 꽃이,
어머니 대지의 따뜻한 무릎에 꼭 안겨 있는 돌이
독특한 자신만의 미덕을 지니고 있는데
저 찬란한 하늘의 별이 아무 미덕도 지니지 않았겠는가?

그리고 월터 랠리 경[10]은 말한다. "별은 단지 희미하게 빛나거나 해가 진 다음 바라보라고 있는 것이 아니다. 그보다 훨씬 더 유용한 도구다." 그리고 플로티노스[11]를 인용하여 별들은 "유능하지 않지만 중요하다."라고 한다. 그리고 또한 아우구스티누스[12]는 "신은 하늘에 있는 것으로 지상의 사람들을 지배한다."라고 했다. 또한 이렇듯 가장 뛰어난 표현을 했다. "농부가 흙의 성질에 자신을 맞추듯이 현명한 사람은 별에 맞춘다."

집에서 자는 사람에게는 달빛이 밝든 어둡든 전혀 문제가 되지 않는다. 하지만 여행자에게는 달의 밝기가 아주 중요하다. 달 밝은 밤에 혼자 밖에 나와 구름 한 점 없는 하늘에 환하게 달이 비치기 시작하는 광경을 본 적이 있는가? 본 적이 없

그린 서사시 『성주간(La Semaine)』을 썼다.

10 Sir Walter Raleigh(1554~1618): 영국의 정치가이자 탐험가. 1585년 북미에 최초의 영국 식민지를 건설했다.

11 Plotinos(205~270): 신플라톤주의를 대표하는 이집트 태생의 고대 로마 철학자.

12 Augustinus(354~430): 초기 그리스도교를 대표하는 신학자이자 교부, 성인.

다면 당신은 지상에 퍼지는 고요한 즐거움을 모르는 것이다. 달은 끊임없이 구름과 전쟁하는 광경을 연출한다. 그러나 구름 또한 만만찮은 적이다. 달은 자신의 위험을 과장한다. 구름이 더 검고 더 큰 것처럼 보이게 하다가 갑자기 구름을 내동댕이치고 맑은 하늘의 작은 틈 사이로 나타나 숨겨 놓은 빛을 빛내며 의기양양하게 나아간다.

간단히 말해 달은 구름이 앞을 막아도 가로질러 간다. 아니, 그렇게 보인다. 달이 때로는 구름 때문에 흐려지기도 하고, 때로는 가뿐히 구름을 헤치고 나와 빛나기도 한다. 이렇게 달은 모든 사람들이 지켜보는 가운데, 특히 여행자 앞에서 드라마를 연출한다. 선원들은 이 현상을 보고 달이 구름을 먹어 치운다고 말한다. 여행자가 홀로 바라보고 있으면 달은 혼자서 계속 숲과 호수와 언덕 위에 있는 구름 함대를 모두 무찌른다. 여행자는 공감을 표시할 뿐 달리 할 일이 없다. 달이 희미해지면 여행자는 너무 안타까운 나머지 인디언이 그러듯이 개에게 회초리를 휘두를 것이다. 밝은 들판처럼 보이는 하늘에 달이 나타나 빛나면 여행자는 행복해한다. 그리고 달이 적의 함대를 모두 물리치고 더 이상 구름의 방해를 받지 않고 홀로 맑은 하늘 위를 당당하게 달릴 때면 여행자도 확신에 차 즐겁게 앞으로 나아간다. 여행자의 마음은 기쁨으로 가득 차고 귀뚜라미도 기쁨의 노래를 부르는 것처럼 들린다.

밤이 이슬과 어둠을 몰고 와 풀이 죽은 세상을 회복시키지 않는다면 얼마나 견디기 힘들겠는가! 우리 주위에 그림자가 모여들고, 원시적 본능이 살아나면 우리는 정글에 사는 사람처럼 몰래 잠자리를 빠져나와 깊고 고요한 사상, 지성 본연의 먹잇감을 찾아 헤맨다.

리히터[13]는 이렇게 말했다. "밤이 되면 새장을 어둡게 하는데, 같은 이유로 지구는 매일 밤 장막을 친다. 낮에는 생각이 연기나 안개와 같다. 밤이 되면 생각이 빛나는 불꽃으로 타오르기 때문에 고요하고 적막한 어둠 속에서 조화로운 생각을 더 잘 알 수 있게 된다. 베수비오산[14]의 분화구에서 요동치는 연기 기둥도 낮에는 구름 기둥처럼 보이지만 밤이면 불기둥이 된다."

아주 적막하고 장엄하게 아름다운 밤이 있다. 밤은 마음을 치유하고 풍요롭게 해 주므로 감수성이 풍부한 사람이라면 그런 밤을 잊지 못할 것이다. 누구든 그런 밤에 야외에서 시간을 보내면 더 훌륭하고 현명해질 것이다. 물론 그다음 날 하루 종일 잠을 자는 대가야 치르겠지만. 아마도 고대인들의 표현대로 엔디미온처럼 잠을 잘 것이다. 그리스식 이름을 붙이자면 밤은 신의 대지라고 할 만하다. 쁄라의 땅[15]처럼 대기는 촉촉한 향기와 음악으로 차 있고 그곳에서 휴식을 취하는 동안 꿈이 되살아날 것이다. 태양 못지않게 달이,

다시 환하게 빛난다.
태양처럼 타오르지는 않지만 더 부드러운 시간을 흩뿌린다.
때로는 스쳐 가는 구름 사이로 몸을 구부리는 것 같고
때로는 맑은 하늘 위를 고고하게 달리는 것 같다.
하늘의 여러 별 중 여왕은 단연 달이다.

13 Jean Paul Friedich Richter(1763–1825): 독일의 소설가.

14 이탈리아 나폴리만에 면한 활화산.

15 버니언의 『천로 역정』에 나오는 곳으로 순례자가 천도로 부름받기를 기다리는 평화의 땅이다.

달은 여왕답게 모든 것을 정화한다.
달은 영원하며 때때로 모습을 바꾸기도 한다.
달은 미인이며 늘 아름다울 것이다.
시간이 지나도 변함없이 시간의 마차를 몰고 갈 것이다.
달은 도덕보다 더 높은 곳에 있으며,
별의 미덕도 그 아래로 미끄러져 간다.
달이야말로 완벽한 미덕의 이미지다.

힌두교도들은 육체적 존재의 마지막 단계인 성인을 달에 비유한다. 위대한 마술사인 달은 멋지게 고대를 회복시켜 준다. 추수 후 보름달이 환하게 뜨면 낮에 어떤 건축물이었든 마을의 모든 주택은 달의 지배에 복종한다. 마을의 거리는 숲처럼 야성을 띤다. 오래된 것과 새로운 것이 뒤섞인다. 내가 허물어진 벽 위에 앉아 있는 건지 새 건물을 지을 자재 위에 앉아 있는 건지 모르게 된다. 자연은 공정한 선생으로 아무나 나무라지도, 아무도 지나치게 칭찬하지 않는다. 자연은 급진적이지도 보수적이지도 않다. 그렇게 부드러운 동시에 야성적인 달빛을 생각해 보라!

햇빛보다는 달빛이 우리의 지식과 흡사하다. 우리의 정신이 늘 어둡지 않듯이, 밤은 보통 어둡지 않다. 그리고 달빛은 가장 각성된 순간처럼 밝게 빛난다.

그런 날 밤이면 아침이 올 때까지 밖에 머물겠노라.
아침이면 다시 모든 것이 혼란에 빠지리.

내면의 새벽을 반영하지 않는다면 왜 햇빛이 중요한가?

아침이 와도 아무것도 분명해지지 않는다면 왜 밤의 장막을 걷겠는가? 그렇다면 천박한 빛만 번쩍일 것이다.

오시안[16]은 연설을 하며 태양을 향해 이렇게 외친다.

어둠은 어디에 있는가?
별은 어느 동굴에 있는가?
그대가 하늘의 사냥꾼처럼
잽싸게 별을 뒤쫓아 갈 때,
그대는 높은 언덕 위로 올라가고
별은 황량한 산 위로 내려오는가?

마음속으로 별과 함께 "동굴"까지 간 후 다시 별과 함께 "황량한 산"으로 내려오지 않을 사람이 어디 있겠는가?

그렇지만 밤에도 하늘은 파란색을 띠고 있다. 검은색이 아니다. 우리는 지구의 그림자 너머 먼 곳에 있는 낮의 대기를 보는데, 그곳에는 아직도 햇빛이 출렁이고 있다.

16 Ossian: 아일랜드와 스코틀랜드의 전설적 영웅·시인.

# 걷기

나는 자연의 입장에서 한마디 하고 싶다. 나는 지금 문명에서 말하는 단순한 자유나 문화와는 전혀 다른 절대적 자유와 야성을 옹호하려고 한다. 인간을 단지 사회 구성원이나 자연의 거주자로 보지 않고 인간이 자연의 일부이거나 인간 자체가 자연이라 말하려고 한다. 이런 말이 너무 극단적으로 들린다면 문명을 옹호하는 사람이 너무 많기 때문이다. 목사, 학교 운영진 그리고 여러분 모두가 문명을 옹호할 것이다.

살아오면서 걷기, 즉 걷기의 기술을 아는 사람은 기껏해야 한두 사람밖에 못 만났다. 어슬렁거리는 재능이 있는 사람 말이다. 어슬렁거린다는 말은 "중세 시골 동네를 돌아다니며 성지 순례 중인 척하며 구걸하는 게으름뱅이"에 어원을 둔 아름다운 말이다. 그 게으름뱅이들은 아이들이 "저기 어슬렁대는 사람이 가네."라며 소리를 지를 정도로 어슬렁댔다. 성지에는 가지도 않으면서 가는 척하는 이런 사람들은 사실 게으름뱅이거나 부랑자였다. 그러나 어슬렁대는 이런 사람들이야말로 진정한 산책자다. 그러나 어떤 사람들은 어슬렁거리는 사람은 '땅이 없는'[17]이라는 말에서 나왔을 것으로 본다. 정말 특별히 자기 집이라고 할 만한 곳은 없지만 어디든 자기 집이라는 뜻일 것이다. 성공적으로 어슬렁대는 비법이 바로 이것이기 때문이다. 내내 집 안에만 있는 사람이야말로 진짜 부랑자일 것이다. 그러나 구불구불한 강이 부랑자가 아니듯이 산책자는 부랑자가 아니다. 그런 강은 늘 부지런히 바다로 향해 가는 길을 찾기 때문이다. 그러나 나는 첫 번째 의미가 더 좋다. 사실 그것이 가장 그럴싸한 어원이기도 하다. 오늘날 걷기는 일종의 십자군 전쟁에 참여하는 것이다. 걷는 동안 우리는 은자 피에르의 설교에 감명받아 이교도의 손에서 이 성지를 구하는 십자군이 된다.

오늘날 우리는 심약한 십자군이고 심약한 산책자다. 내적 인내심을 갖고 끝없이 걸으려고 들지 않는다. 우리의 모험은 단순히 되돌아오는 것이다. 저녁이면 출발지인 익숙한 난롯가로 돌아온다. 걷기의 반은 되돌아오는 것이다. 가장 짧게 걷더라도 다시는 돌아오지 않겠다는, 방부 처리한 심장을 황량한 우리 왕국에 돌려보내겠다는 영원한 모험심에 차서 떠나야 하는 게 맞는데 말이다. 부모, 형제, 자매, 아내, 자식, 친구를 떠나 다시는 보지 않을 준비가 되면, 빚을 다 갚고 유언장을 만들고 모든 일을 정리해 자유인이 되면 그제야 걸을 준비가 된 것이다.

나 자신의 경험에 대해 말하자면 가끔 나와 함께 걷는 친구는 우리 자신을 새로운 질서, 아니, 차라리 옛 질서를 수호

17 어슬렁거리는 사람은 saunterer, 즉 땅이 없는 사람(sans terre)이라는 뜻의 프랑스어.

하는 기사라고 생각한다. 그 질서는 말 타는 사람이나 기사가 아니고 산책자의 질서다. 옛날 말 타던 시절의 기사도와 영웅 정신이 이제는 기사가 아니라 기사보 정도되는 산책자에게 계승된 것 같다. 산책자는 교회, 국가, 국민에 이은 일종의 제4계급이다.

이 귀족적인 기술을 이 근처에서 실천하는 사람이 우리밖에 없다는 느낌이 든다. 사실대로 말하면 마을 사람 대다수가 가끔 걷는다고 주장한다. 하지만 그건 걷기가 아니다. 그들은 걸을 수 없다. 아무리 돈이 많아도 걷기에 필요한 여유나 자유나 독립심을 돈으로 살 수는 없기 때문이다. 이런 것들이야말로 걷기에서 가장 중요하며 신의 은총을 받아야 얻을 수 있는 기술이다. 산책자가 되는 것은 하늘의 축복을 직접 받아야 가능하다. 우선 산책자 가문에서 태어나야 한다. 우리 마을 사람 중 10여 년 전 신의 은총으로 반 시간 정도 숲에서 길을 헤맨 일을 아직도 기억하는 사람이 있다. 그러나 그들이 아무리 이 선택된 계급에 속한 척하더라도 그 후로는 고속 도로로만 다닌 것을 알고 있다. 물론 자신들이 숲 사람이고 범법자였던 과거를 문득 떠올리며 고양되는 순간이 있는 것은 사실이다.

즐거운 아침
푸른 숲으로 들어선 그는
즐겁게 노래하는
새소리를 들었다.

이곳에 마지막으로 온 건

아주 오래전 일이지, 라고 로빈이 말했다.
나 잠시 여기에 머물겠노라,
갈색 사슴을 사냥하기 위해.

나는 적어도 하루 네 시간씩 세속적인 일에서 완전히 해방되어 숲과 언덕과 들판을 어슬렁거린다. 그렇게 하지 않으면 건강도, 기운도 유지할 수 없다. 대개는 그보다 더 오래 걷는다. 당신은 아마 나와 생각이 다를 수 있을 것이다. 기계공이나 상인은 흔히 오전뿐 아니라 오후 내내 다리를 꼬고 가게에 앉아 있는다. 발이 걷거나 서기 위해서가 아니고 거기 앉아 있기 위해 만들어진 것처럼 구는 걸 보면 그들이 오래전에 자살하지 않은 게 신기할 정도다.

나는 좀이 쑤셔서 하루도 방에만 있을 수가 없다. 열한 시간쯤 방에 있다가 벌써 어스름한 밤 그림자와 햇빛이 섞이는 오후 4시, 일을 다시 시작하기에는 늦은 시간인데도 산책을 나서면 마치 내가 죄를 짓는 느낌이 든다. 솔직히 말해 이웃들의 정신적 무감각은 말할 것도 없고, 그들의 인내심이 놀랍다. 그런 사람들은 무엇으로 만들어졌는지 모르겠다. 오후 3시에도 마치 새벽 3시인 양 거기 앉아 있으니 말이다. 나폴레옹 보나파르트는 새벽 3시에 깨어 있는 용기에 대해 말할지 모르겠지만, 오전 내내 버티고 나서 오후 3시 무렵 바깥에서는 형제인 군대가 굶어 죽어 가는데도 유쾌한 척하며 앉아 있는 것은 용기가 아니다. 4시와 5시 사이, 조간신문을 보기에는 너무 늦고 석간신문을 읽기에는 너무 이른 시간에, 케케묵은 가정적 개념과 변덕의 요새가 폭발해 사방으로 흩어지지 않는 게 이상하다. 그러면 악이 자연히 치유될 텐데 말이다.

여성은 남성보다 집에 있는 시간이 훨씬 많은데 어떻게 견디는지 모르겠다. 그러나 지루함을 견디지 못해 잠들어 버린다고 의심할 만한 이유가 있다. 여름날 이른 오후, 우리는 옷자락에 묻은 먼지를 털어 내고 완벽한 도리아식 혹은 고딕식 전면 장식이 된 집을 서둘러 지나친다. 그런 집에서는 모두가 쉬는 분위기다. 그때 내 동료가 지금쯤 저 집에 있는 사람들은 모두 잠들어 있을 거라고 속삭인다. 그제야 나는 그 집의 아름다움과 광휘를 이해한다. 집만 잠 깨어 영원히 꼿꼿이 선 채 잠든 사람들을 위해 망을 보고 있다.

물론 그런 것은 기질, 무엇보다 나이와 관계있다. 나이가 들면 가만히 앉아서 하는 집안일을 더 잘할 수 있게 된다. 인생의 저녁이 다가오면 저녁이 되어야 활동하고 일몰 전에만 잠깐 밖으로 나와 반 시간 정도 걸을 뿐이다.

내가 말하는 걷기는 환자가 일정 시간에 약을 먹듯이 하는 운동, 즉 아령이나 의자 운동과는 전혀 다르다. 걷기는 하루 종일 걸리는 일이며 모험이다. 운동을 하고 싶거든 생명의 샘을 찾아 나서라. 생명의 샘은 외딴 초원에서 솟아나는데 그곳을 찾지 않고 아령 운동이나 하는 사람을 생각해 보라. 게다가 우리는 낙타처럼 걸어야 한다. 낙타는 사유하며 걷는 유일한 동물이다. 한 여행자가 찾아와 워즈워스의 하녀에게 그의 서재를 보여 달라고 했을 때 그녀는 이렇게 대답했다. "그의 도서관은 여기지만 서재는 야외예요."

야외에서 햇빛을 쬐고 바람을 맞으며 살다 보면 성격이 거칠어질 게 분명하다. 얼굴이나 손에 각질이 생기는 것처럼 섬세한 성품에도 두꺼운 각질이 생길 것이다. 심한 육체노동을 하면 손이 거칠어지는 것과 같다. 반면 집 안에만 있으면 피부가 얇아질 뿐 아니라 더 매끈하고 부드러워져 외부 영향에 더 민감하게 반응할 것이다. 햇빛이 조금 덜 비치고 바람이 더 살살 불면 지적·도덕적 성장에 중요한 영향을 미치는 힘에 더 민감하게 반응할 것이다. 물론 두꺼운 피부와 얇은 피부의 비율은 적절한 게 좋다. 그러나 피부는 곧 떨어져 나갈 테고 자연 치유를 위해서는 밤과 낮의 비율, 겨울과 여름의 비율, 사고와 경험의 비율이 적절해야 할 것이다. 제대로 사유하기 위해서는 훨씬 더 많은 공기와 햇살이 필요할 터다. 노동자의 무감각한 손바닥에 더 섬세한 자존심과 영웅 정신이 새겨져 있기 때문이다. 게으른 사람의 나태한 손보다 노동자의 손에 닿는 순간 가슴이 떨린다. 손에 못이 박이고 피부가 검게 타는 경험을 전혀 하지 않고 낮에 누워서 하얀 피부나 자랑하는 것은 감상적인 태도일 뿐이다.

걷기에 나서면 자연스럽게 밭이나 숲을 향해 가게 된다. 정원이나 상가에서만 걷는다면 어떻게 되겠는가? 어떤 철학 학파는 자신들이 숲으로 갈 수 없으므로 숲이 그들 쪽으로 와야 한다고 느꼈다. "그들은 플라타너스가 늘어선 산책로를 만들었다." 거기서 그들은 야외 회랑을 걸어 다니며 설명했다. 물론 숲을 향해 걸어도 정신이 따라오지 않는다면 아무 소용이 없다. 몸은 숲으로 1.5킬로미터쯤 갔는데, 정신은 전혀 따라오지 않을 때면 깜짝 놀란다. 보통 오후에 숲속을 걸을 때 오전 중 일어난 일이나 사회적 책임에 대해 모두 잊어버리는데, 가끔 마을 일을 떨쳐 버리지 못하는 때가 있다. 어떤 일에 대한 생각이 머리를 떠나지 않아서 정신과 몸이 따로 놀고, 주변을 보지도 느끼지도 못한다. 이렇게 감각을 잃다가도 걷다 보면 감각이 회복된다. 숲 밖의 일에 몰두하려면 왜 숲에 가는가? 나 자신을 의심한다. 그리고 이른바 선행에 사로잡혀 있어도 그 사실을 깨닫는 순간 끔찍해서 소름이 끼친다. 그런데 이런 일이 가끔 일어난다.

우리 집 근처에는 좋은 산책로가 많다. 그리고 몇 년 동안이나 거의 매일, 때로는 며칠씩 걷지만 아직도 가 보지 못한 길도 있다. 전혀 새로운 풍경은 커다란 행복이고 아직도 오후가 되면 이런 행복을 얻을 수 있는 것이다. 두세 시간만 걸으면 전혀 예상치 못한 시골 풍경이 눈앞에 펼쳐진다. 때로는 처음 보는 농가 한 채가 다호메이 왕국[18]만큼이나 멋지게 나타난다. 살다 보면 15킬로미터 반경 안이나 오후 산책로에서 처음으로 아주 조화로운 풍경을 보는 일이 생길 수 있다. 가까이 있어도 결코 익숙한 풍경이 아닐 것이다.

집을 짓는다든지 벌목하는 일, 이른바 오늘날 인간의 발전은 거의 다 자연을 훼손하는 일이다. 이로 인해 풍경은 점점 더 문명화되고 싸구려가 된다. 사람들이 숲을 태워서 거주하기 시작한 건 사실이지만 이제는 숲을 가만히 내버려 두어야 한다! 나는 숲이 반쯤 타서 초원 중간에서 사라지는 걸 보았다. 세속적인 구두쇠는 주위에 천국이 펼쳐져 있는데도 측량기사를 대동하고 자신의 영토를 둘러보기에 여념이 없었다. 그는 옆에 천사가 지나가도 보지 못한 채 천국 한가운데서 말뚝 박을 장소만 찾는다. 다시 바라보니 그는 악령들에게 둘러싸여 늪지의 지옥 한가운데 서 있었다. 그는 자신의 영토를 표시하는 세 개의 돌을 보았고 거기에 말뚝을 박았다. 더 가까이

18 약 1600년부터 1900년 사이 오늘날 베냉 지역에 있었던 아프리카의 왕국.

다가가 보니 그의 측량 기사는 사탄이었다.

15킬로미터, 30킬로미터, 어떨 때는 거뜬히 수십 킬로미터를 걷는다. 걸을 때 우리 집 문에서 시작해 다른 집 근처는 지나가지 않는다. 여우와 밍크를 피할 때가 아니면 길을 건너지도 않는다. 처음에는 강을 따라 걷다가 이어서 시내를 따라 걷다 보면 초원과 숲에 들어선다. 우리 집 근처에서는 몇 킬로미터를 가도 인적이 없다. 언덕에서 내려다보면 인간이 살고 있는 문명 세계가 아주 멀리 보인다. 마멋이나 마멋의 굴이 보이지 않는 것처럼 농부나 농부가 일하는 모습도 거의 보이지 않는다. 인간과 그의 일, 즉 교회와 국가와 학교, 무역과 상업, 공업과 농업, 내가 가장 경계하는 정치에 이르기까지 모든 것이 이 풍경 속에서는 전혀 중요하지 않고, 그 점이 즐겁다. 정치는 작은 밭에 지나지 않고 저 멀리 좁게 보이는 고속 도로를 따라가면 정치에 이른다. 나는 가끔 여행자에게 거기로 가라고 한다. 정치 세계에 가고 싶으면 고속 도로를 따라가라고. 눈에 먼지가 들어갈 정도로 저 상인에게 바싹 붙어서 따라가면 곧 정치에 이를 것이다. 정치는 한 장소일 뿐 모든 공간을 차지하지는 못한다. 숲으로 갈 때 콩밭을 지나쳐 가듯이 나는 정치를 지나쳐 간다. 반 시간도 채 안 되어 한 해 내내 사람이 다니지 않는 땅에 이른다. 거기에는 정치가 없다. 정치는 한 사람이 피우는 담배 연기 정도밖에 안 된다.

강이 모여 호수가 되듯이 길이 모여 마을, 일종의 확장된 고속 도로가 된다. 마을이 몸통이라면 길은 팔다리다. 여행자들은 흔히 사방으로 뚫린 일상적인 장소를 통과한다. 마을(village)이라는 단어는 라틴어 빌라(villa)에서 왔다. 길을 뜻하는 비아(via)나 더 오래된 단어인 베드(ved)나 벨라(vella)와 마찬가지로, 바로[19]는 빌라(villa)라는 단어를 운반한다는 뜻인 비호(veho)에서 따왔다. 빌라란 물건을 운반해 가는 장소이기 때문이다. 마차를 생계 수단으로 삼는 사람들을 벨라투람 파케레(vellaturam facere)라고 한다. 라틴어 빌리스(vilis)나 영어의 사악한(vile)이나 악한(villain) 역시 여기서 유래되었다. 이는 마을 사람들이 얼마나 타락하기 쉬운지를 암시한다. 마을 사람 자신들은 여행을 하지 않고 여행자가 마을을 지나가기만 해도 피곤해한다.

어떤 사람들은 전혀 걷지 않는다. 또 어떤 사람들은 고속도로를 달린다. 몇몇 사람은 여러 지역을 가로질러 간다. 길은 말이나 사업가를 위한 것이다. 나는 길을 따라 여행하지 않는 편이다. 술집이나 식료품 가게나 마구간처럼 길가에 있는 장소에 급히 갈 일이 없기 때문이다. 나 자신이 여행하기 좋은 말이고 타고난 마차용 말이다. 풍경화가는 길을 표시하기 위해 사람들을 그려 넣는다. 그런 화가의 그림 속에 나는 없을 것이다. 늙은 선지자나 시인처럼, 마누,[20] 모세, 호메로스, 초서[21]처럼 나는 자연 속을 걸어간다. 이 자연을 미국이라고 부를 수도 있겠지만 미국은 아니다. 이 자연을 발견한 사람은 아메리고 베스푸치[22]나 콜럼버스 같은 유의 사람이 아니다. 이런 자연의 모습은, 이른바 미국의 역사보다 신화에 그대로 더 잘 그려져 있다.

19 Varro(기원전 116~기원전 27): 고대 로마의 문학가로, 『농업에 관하여』를 썼다.

20 Manu: 힌두교의 『마누 법전』을 쓴 현인.

21 Geoffrey Chaucer(1342~1400): 중세 영국을 대표하는 시인.

22 Amerigo Vespucci(1454~1512): 남미를 탐험한 이탈리아 탐험가. 아메리카라는 이름은 그의 이름에서 왔다.

하지만 거의 끊긴 길인데도 어디론가 데려다줄 것 같은 옛날 길이 몇 개는 있다. 이제는 말버러로 이르지 않는 옛 말버러 길이 있다. 여기서 내가 이 길에 대해 나서서 말하는 것은 모든 마을에 그런 길이 한두 개쯤 있을 것 같아서다.

옛 말버러 길

한때는 여기서 떼돈을 벌려고 했으나
전혀 벌지 못한 곳,
때로는 외진 이곳에서
수십 킬로미터 전쟁이 벌어졌지.
그리고 내가 무턱대고 두려워하던
엘리야[23] 숲이 있는 곳.
야생의 습성을 지닌
엘리사 더건[24] 말고는
아무도 살지 않는 곳.
더건은 앵무새와 토끼를 잡을
덫을 놓는 데에만
관심이 있지.
아주 가난하게
내내 혼자 살고 있지.
그곳에서 계속
달콤한 인생을 사는 더건.

23 Elijah: 기원전 9세기 이스라엘 왕국의 선구적 예언자.

24 Elisha Dugan: 미국 콩코드의 외딴 숲에 살던 사람.

봄이 되어 여행 본능이
핏속에 끓어오를 때
옛 말버러 길에 들어서면
여기저기서 자갈이 채인다.
아무도 다니지 않아
전혀 정비되지 않은 길.
기독교인들 말대로
이것이 사람이 살아가는 방식이다.

그 길을 걷는 사람은 많지 않다.
단지 아일랜드인 퀸의
손님이나 지나갈 뿐.
여긴 어디지? 여긴 어디지?
어디론가 향하고 있긴 한데
어디로 가는지
잘 모르겠는걸.
거대한 석조 안내판이 있지만
여행자에겐 전혀 도움이 안 되네.
왕의 이름 위에 쓰인
이 도시의 기념비는
볼만하기는 하지만.

그대가 어디의 왕이든 간에,
이 일을 한 왕이
누구인지
아직도 궁금하다.

언제 혹은 어떻게 세웠는지,
어떤 훌륭한 신하의 도움을 받았는지,
고어가스 혹은 리클락
혹은 다비가 도왔을까?

뭔가가 영원하다는 것은
막대한 노력이 들어갔다는 뜻.
아무것도 새겨지지 않은 석판을 보고
여행자는 한탄할 것이다.
그리고
이 세상에 알려진 모든 것을
한 문장으로 새길 것이다.
그 말이 꼭 필요한
사람이 그것을 읽을 것이다.
한두 줄이면
충분하리라는 것을 나는 안다.
온 세상에 알려질
글이 거기 새겨질 것이다.
사람들은 기억하리라.
내년 12월에,
눈이 녹은 후에,
내년 봄에 다시 그 문장을 읽을 것이다.
환상의 나래를 펼치고
집을 떠난다면
그대 옛 말버러 길을 지나가
온 세상을 둘러보게 되리라.

현재 이 주변, 가장 멋진 땅은 개인 소유가 아니다. 이런 풍경은 누구의 소유도 아니며 누구나 비교적 마음대로 걸어 다닐 수 있다. 하지만 언젠가 이런 땅도 사람들이 분할 소유해서 개인 휴양지로 만들 터다. 그럴 경우에는 소수만 즐거움을 누릴 것이다. 그때가 되면 울타리가 늘어나고 공공 도로 너머 그쪽으로 오지 못하게끔 함정을 파는 등 다른 여러 가지 장치가 발명될 것이다. 그리고 신이 주신 대지 위를 걷는데도 신사의 땅을 침범하는 꼴이 될 터다. 진정한 즐거움은 특정인만 누리게 되는 순간 사라지게 마련이다. 이제 그런 사악한 날이 오기 전에 우리에게 주어진 기회를 더 잘 활용하자.

어디로 걸을지 결정하기가 왜 이렇게 어려운 걸까? 나는 자연 속에 섬세한 자력이 있다고 믿는다. 무의식적으로 그 자력에 복종하면 바른 길로 가게 될 것이다. 자연은 우리가 갈 길에 대해 무관심하지 않다. 바른 길이 있는데, 우리가 산만하고 어리석어서 잘못된 길로 가는 것이다. 실제 세계에서는 가 본 적이 없더라도 상상의 세계에서 완벽하게 이상적인 길을 떠올리면 기꺼이 그 길로 가게 될 것이다. 때로는 어느 방향으로 갈지 모를 때가 있는데, 그것은 어떤 길로 갈지 정확하게 머리에 떠오르지 않기 때문이다.

어디로 발걸음을 옮길지 아직 확신하지 못한 채 본능에 맡기고 걷기 시작하면 결국 남쪽을 향해 가게 된다. 내가 좀 이상하고 변덕스러워 보일 수도 있지만 결국에는 남쪽에 있는 숲이나 초원이나 버려진 목장이나 언덕을 향해 가게 된다. 나의 나침반은 빨리 방향을 정하지 못해서 각도가 조금씩 흔들리고 늘 정남향을 가리키지는 않지만 항상 서쪽과 남쪽 사이인 남서쪽에서 멈춘다. 그 길에 미래가 있고 남쪽의 땅은 훨씬 풍요롭고 영원히 고갈되지 않으리라. 내가 걷는 길의 윤곽은 원이 아니고 포물선이다. 아니, 오히려 혜성의 궤도처럼 돌아오지 않는 곡선과 유사하다. 그 궤도에 비유하면 우리 집은 태양의 위치에 있는 셈이다. 때때로 나는 15분 정도는 마음을 결정하지 못하고 빙빙 돈다. 그러고는 마침내 어쩔 수 없이 남서쪽이나 서쪽으로 걷는다. 동쪽으로 갈 때는 억지로 가지만 서쪽으로 갈 때는 자유롭다. 특별히 할 일이 있어서 그쪽으로 가는 건 아니다. 동쪽 지평선에는 아름다운 풍경이나 제멋대로 자란 야생 숲이 없을 것 같아서다. 동쪽으로 걸어갈 생각을 하면 전혀 들뜨지 않는다. 그러나 서쪽 지평선에는 일몰을 향해 숲이 끝없이 펼쳐질 게 분명하다. 거기에는 방해될 만한 마을이나 도시가 없을 것이다. 한쪽엔 도시가 다른 쪽엔 황야가 있다면 내가 살고 싶은 곳에 살게 내버려 두라. 나는 점점 도시를 벗어나 황야로 숨어들 것이다. 이 나라 사람에게는 확실히 이런 성향이 지배적이다. 그렇지 않다면 내가 이 사실을 이토록 강조하지 않을 것이다. 나는 유럽 쪽이 아니라 오리건주를 향해 걷는다. 그리고 이 나라 전체가 서쪽으로 움직이고 있다. 인류는 동쪽에서 서쪽으로 발전해 왔다고 할 수 있다. 몇 년 동안 우리는 남동쪽으로의 이민, 즉 호주로 이민 가는 현상을 목도해 왔다. 그러나 이것은 퇴행적 이동이라는 느낌이 든다. 1세대 호주 이민의 도덕적·육체적 특성으로 미루어 볼 때 아직까지는 성공적인 실험으로 입증되지 않았다. 동쪽의 타타르인은 티베트에서 서쪽으로 가면 아무것도 없다고 생각한다. 그들은 "세상은 거기서 끝나고 그 너머에는 해변도 없고 바다밖에 없다."라고 한다. 그들은 완벽한 동양에 살고 있는 것이다.

인류의 발걸음을 역추적하여 역사를 인식하고 문학과 예

술 작품을 공부하려 할 때 동쪽으로 가게 된다. 대서양은 망각의 강이다. 대서양을 건너오면서 구세계나 그 제도를 모두 잊을 기회가 생긴 것이다. 이번에 성공하지 못하면 아마 지옥의 스틱스강 기슭에 이르기 전에 한 번 더 기회를 갖게 될 터다. 그리고 그 기회는 세 배나 광대한 태평양이라는 망각의 강에 있을 것이다.

이처럼 방향이 얼마나 중요한지 모른다. 즉 미미한 한 개인이 걷기 시작할 때도 이렇듯 전 인류의 이동과 궤를 같이하는 게 아주 중요한 일이다. 그러나 새나 포유류에게는 이주 본능 비슷한 게 있다. 어떤 경우에는 이해할 수 없지만 다람쥐도 이주 본능에 따라 무엇엔가 내몰린 것처럼 떼를 지어 이동한다. 다람쥐가 저마다 나뭇조각을 타고 꼬리를 돛처럼 올린 채 아주 넓은 강을 건너는 모습을 본 사람은 많다. 강이 좁아지는 곳에 이르면 다람쥐들이 죽은 다람쥐를 밟고 이동하기도 한다. 봄이면 벌레 한 마리가 소의 꼬리를 물어 생기는 열병에 소 떼가 영향을 받는 것과 비슷하다. 이런 이주 본능은 국가와 개인 모두에게 항상 혹은 이따금 영향을 미친다. 우리 동네 위로 기러기 떼가 꽥꽥대며 날아가지는 않는다. 그러나 그런 일이 생기면 어느 정도 이곳 부동산 가격에 영향을 미칠 것이고 내가 부동산 중개인이라면 아마도 그런 소란을 고려의 대상으로 삼을 것이다.

> 그러고 나서 사람들은 성지 순례를 가고 싶어 한다.
> 그리고 순례자들은 외국의 해안으로 떠난다.

석양을 볼 때마다 나는 태양이 지는 곳, 저 멀고 아름다운 서부로 가고 싶어진다. 태양은 매일 서쪽으로 향해 가면서 나에게 따라오라고 유혹한다. 태양은 위대한 서부 개척자이고, 여러 나라가 그 뒤를 따라갔다. 우리는 밤새도록 지평선에 있는 산등성이를 꿈꾼다. 비록 그것이 햇살을 받은 황금빛 수증기에 지나지 않을지라도. 아틀란티스섬[25]과 지상 낙원이라 할 만한 헤스페리데스[26]의 섬과 정원은 우리 선조들이 시와 신화에서 그리던 위대한 서부와 비슷하다. 해가 저무는 하늘을 보면서 헤스페리데스의 정원이나 신화를 떠올리지 않을 사람이 있겠는가?

콜럼버스는 과거 어느 때보다 서쪽으로 가고 싶었고, 자신이 하고 싶은 대로 했다. 그리고 카스티야 왕국[27]과 레온 왕국[28]이라는 신세계를 발견했다. 당시 사람들은 떼 지어 몰려가서 멀리 있는 초원의 냄새를 맡았다.

태양이 모든 언덕을 비추고
이제 서쪽 만으로 떨어진다.

마침내 그가 일어서서 파란 망토를 홱 잡아당긴다.
내일은 신선한 숲과 새로운 초원을 향해 떠나리라.

이 세상에 이 나라처럼 토지를 평등하게 소유한 나라가

25 바닷속에 잠겨 버렸다는 대서양의 전설의 섬.
26 Hesperides. 그리스 신화에서 황금 사과밭을 지킨 네 자매 요정.
27 11~15세기, 이베리아반도 북부의 부르고스를 중심으로 발흥한 가톨릭 왕국.
28 10~13세기, 이베리아반도 북부에 있던 작은 왕국.

있을까? 유럽에서 이렇게 다양한 작물을 풍요롭게 경작하는 나라가 있을까? 이 나라를 일부만 본 미쇼[29]조차 이렇게 말한다. "유럽에 비해 북미에는 키 큰 나무의 종이 훨씬 많다. 미국에는 키가 9미터 넘는 종이 140가지 이상이다. 프랑스에는 이 정도로 큰 나무는 30종밖에 안 된다."

나중에 식물학자들이 그의 말이 사실임을 확인한다. 훔볼트[30]는 젊은 시절 꿈이던 열대 식물 재배를 위해 아메리카 대륙으로 건너왔고 아마존 원시림에서 완벽하게 자신의 꿈을 실현했다. 그가 아주 유려하게 묘사한 대로 아메리카 대륙은 지상에서 가장 거대한 야생의 땅이었다. 지리학자 기요[31]는 유럽인이지만 더 나아간다. 그는 내가 따라갈 수 없을 정도로 앞으로 나아간다. 다음과 같은 말을 할 때까지만 해도 기요를 따라갈 수 있다. "동물을 위해 식물이 있는 것처럼, 동물의 세계를 위해 식물의 세계가 만들어진 것처럼, 구세계 사람들을 위해 미국이 만들어졌다. (……) 구세계 사람들이 길을 떠난다. 아시아 고원을 뒤로하고 유럽을 향해 한 단계씩 내려온다. 대서양에 도착해서 어디까지 펼쳐져 있을지 모를 미지의 바닷가에서 멈춘다. 그는 잠시 해안을 걷는다." 그가 유럽의 이 기름진 땅에서 얻을 수 있는 건 모두 얻고 다시 기운을 차리자, "그러고 나서 고대에 그랬던 것처럼 다시 서쪽으로 모험을 떠난다." 기요는 이렇게까지 말한다.

이렇게 서부로 가고자 하는 충동이 대서양이라는 장벽에

29 André Michaux(1746~1802): 프랑스 식물학자이자 탐험가.

30 Alexander von Humboldt(1769~1859): 독일의 과학자이자 탐험가.

31 Arnold Henry Guyot(1807~1884): 미국의 지질학자, 기상학자로 빙하 조사 및 기상 관측에 업적을 남겼다.

부딪히자 근대의 상업과 사업이 생겨났다. 그보다 더 젊은 미쇼는 1802년 앨러게니강[32]에서 서부로 가는 여행에 대해 쓴 글에서 이렇게 말한다. 새로 서부에 도착한 사람들이 흔히 듣는 질문은 "'어느 나라에서 왔나요?'이다. 마치 이 기름지고 거대한 땅에서 지구상 모든 나라 사람들이 만나는 것처럼 말이다."

사어인 라틴어로 표현한다면 나는 동쪽 빛으로부터, 서쪽 과일로부터(Ex Oriente lux; ex Occidente FRUX)라고 할 것이다.

영국인 여행자이자 캐나다 총독이었던 프랜시스 헤드 경은 이렇게 말한다. "신세계의 북반구와 남반구 모두 구세계에 비해 규모가 훨씬 클 뿐 아니라 자연은 구세계를 그리고 꾸미고 있는 것보다 훨씬 더 밝은색으로 고급스럽게 신세계 전체를 색칠했다. (……) 미국의 하늘은 끝없이 높고, 하늘의 색은 더 푸르고, 공기는 더 신선하고, 추위는 더 극심하고, 달은 더 커 보이고, 천둥소리는 더 크고, 번개는 더 번쩍이고, 바람은 더 강하고, 비는 더 심하게 내리고, 하늘은 더 높고, 강은 더 길고, 숲은 더 크고, 평야는 더 넓다." 이 말은 적어도 이 지역과 이 지역 산물에 대한 뷔퐁[33]의 설명을 반박하기에 충분할 것이다.

린네[34]는 오래전에 이렇게 말했다. "미국 식물은 전혀 매끄럽고 상큼하지가 않다. 그리고 이 나라에는 로마인이 말하

32 펜실베이니아와 뉴욕에 걸쳐 있다.

33 Georges Louis Leclerc, Comte de Buffon(1707~1788): 프랑스의 박물학자.

34 Carl von Linné(1707~1778): 스웨덴의 식물학자.

는, 이른바 아프리카 짐승은 없거나 있다고 해도 아주 극소수만 있다는 생각이 든다." 이런 점에서 특히 미국은 사람이 살기에 적합한 곳이다. 인도의 동쪽에 있는 도시 싱가포르에서는 반경 5킬로미터 이내에서 매년 몇 명씩이나 호랑이에게 물린다고 들은 적이 있지만 북미에서는 여행자가 밤에 어디에서 자건 야생 짐승을 걱정할 필요가 없다.

이런 말들은 고무적인 증언이다. 미국 강이 유럽에 있는 강보다 더 길어 보인다면 아마 태양도 더 커 보일 것이다. 미국 하늘이 끝없이 높아 보이고 별이 더 밝게 빛난다면 언젠가 이 땅에 사는 사람들의 철학과 시와 종교 역시 높은 수준에 이를 것임을 상징하는 게 틀림없다. 결국 미국인에게 훨씬 더 높은 정신적 하늘이 나타나고 별 역시 훨씬 더 밝게 빛나리라고 암시하는 것이다. 기후는 인간의 정신에 이렇게 작용할 것이다. 산속 공기 속에 인간의 정신을 풍부하게 하고 고무하는 무언가가 있는 것과 같은 원리다. 이런 영향을 받은 사람이 육체적으로 뿐 아니라 지적으로도 더 완벽하게 성장하지 않겠는가? 일생에 안개 낀 날이 얼마나 많은지가 중요하지 않단 말인가? 이 나라 하늘처럼 상상력이 더 풍부해지고, 사고가 더 명료하고 새로워지며 가벼워지고 이해력이 평야처럼 더 넓어져서, 전체적으로 지성은 번개와 천둥처럼 더 광범위하게 작용할 것이고 마음은 내륙의 바다에 맞먹게 더 넓고 깊고 위풍당당해질 것이다. 아마도 여행자 앞에 이런 모습이 나타날 터다. 여행자는 미국인의 얼굴에서 즐겁고 차분한 무언가를 보게 되리라. 그게 아니라면 세계가 어떤 목적을 향해 가고 있으며, 미국이 왜 발견되었겠는가?

미국인에게 이런 말은 거의 할 필요가 없다.

"제국의 별, 서쪽을 향해 간다."

진정한 애국자로서 이 나라 벽지의 나무꾼보다 천국의 아담이 더 축복받은 상황에 있었다고 생각한다면 수치스러운 일이다.

매사추세츠주에 사는 우리가 뉴잉글랜드 안에서만 공감대를 형성하는 것은 아니다. 비록 남부와는 소원해도 서부와는 공감한다. 스칸디나비아 사람들이 선조의 유산을 받들어 바다로 나가듯이 서부는 더 젊은 세대가 머물 곳이다. 히브리어를 공부하기에는 너무 늦었고, 속어라도 현대 언어를 이해하는 게 더 중요하다.

몇 달 전 파노라마처럼 펼쳐진 라인강을 보러 갔다. 그곳은 중세의 꿈 같았다. 상상했던 것보다 더 멋진 역사적인 강이, 영웅들이 재건한 로마인의 다리를 지나 도시와 성 옆으로 흐르고 있었다. 도시와 성의 이름이 음악처럼 들렸고 그 모든 것이 전설의 주제였다. 에렌브라이트슈타인성[35]과 롤란트세크[36]와 코블렌츠가 있었다. 역사책에서만 배운 이름이었다. 특히 나의 관심을 끈 것은 폐허였다. 강물뿐 아니라 포도나무로 덮인 언덕과 계곡에서 조용히 음악이 흘러나왔다. 십자군이 성지로 떠날 때처럼 나는 마법에 걸려 강을 따라 내려갔다. 마치 영웅 시대로 가서 기사의 분위기를 맛보는 것 같았다.

그로부터 얼마 후 파노라마처럼 펼쳐진 미시시피강을 보러 갔다. 그리고 햇살을 받으며 증기선에 나무가 가득 실리

35 독일 라인란트팔츠주 코블렌츠 요새에 있는 12세기에 건축된 성채.

36 독일 라인란트팔츠에 있는 레마겐의 자치구.

는 모습을 보고, 신생 도시들을 꼽아 보았다. 새로 생긴 노부[37]의 폐허를 바라보고 강 건너 서쪽으로 이동하는 인디언들을 지켜보았다. 그리고 이전처럼 모셀[38]을 방문했고, 또한 오하이 주와 미주리주를 방문해 더뷰크[39]와 웨노나[40]의 절벽에 관한 전설을 들었다. 과거나 현재보다 미래를 고찰했을 때, 이 강이 다른 종류의 라인강임을 알았다. 아직도 성의 토대를 건설해야 하고 강 위에 유명한 다리를 놓아야 하고, 우리로서는 알 수 없지만 '이 시대가 바로 영웅의 시대'라는 느낌이 들었다. 영웅은 보통 가장 소박하고 이름 없는 사람이기 때문이다.

지금 말하는 서부는 황야와 다를 바 없다. 그리고 내가 말하고자 하는 것은 야생 속에 세계가 보전되어 있다는 점이다. 모든 나무가 야성을 향해 잔뿌리를 내린다. 도시는 어떻게 해서라도 야성을 침범한 후 쟁기질을 하고 항해를 한다. 숲과 임야는 인간이 버텨 나갈 수 있도록 강장제와 나무껍질을 제공한다. 늑대 젖을 먹고 자란 로물루스와 레무스[41] 이야기는 무의미한 우화가 아니다. 위대한 국가의 설립자는 모두 비슷하게 야생에서 양분과 힘을 얻었다. 대영 제국의 자손이 북쪽 숲나라 자손에게 정복당하고 자리를 넘겨준 것은 늑대 젖을 먹

37 미국 중북부, 일리노이주 서부의 도시. 미시시피강 중류 연안에 있다.

38 미국 미주리주에 있는 자치구.

39 미국 아이오와주 동부, 미시시피강에 면한 도시.

40 미국 일리노이주에 있는 도시.

41 로물루스(Romulus)는 전설상의 로마 건국자로, 동생 레무스(Remus)와 함께 테레베강에 버려져 늑대의 젖을 먹고 자랐다. 훗날 동생을 죽이고 로마를 건설하여 왕이 되었다.

고 자라지 않았기 때문이다.

밤이면 숲과 초원과 옥수수가 쑥쑥 자란다는 것을 나는 믿는다. 우리는 차에 솔송나무, 가문비나무, 미국측백나무가 섞이길 요구한다. 단지 식탐 때문에 먹는 것과 기운을 차리기 위해서 먹고 마시는 것은 다르다. 호텐토트 부족은 당연히 얼룩영양의 골수를 날것으로 마구 들이켠다. 이 나라 북부에 사는 어떤 인디언 부족은 북극 순록의 골수는 물론이고 다른 부위까지 날로 먹는다. 순록 뿔의 끝부분도 연하면 날로 먹는다. 그리고 아마 이런 점에서 그들은 파리 요리사보다 낫다. 요리사들은 보통 불에 구울 수 있는 재료를 구한다. 외양간에서 키운 소나 도살장에서 잡은 돼지고기보다 이런 날것이 더 좋을 수도 있다. 마치 우리가 얼룩영양의 골수를 날로 마구 들이켜고 사는 사람인 것처럼 나에게 어떤 문명에도 굴복하지 않을 야성을 달라.

개똥지빠귀의 노래가 들릴락 말락 하는 숲으로 떠나리라. 어떤 정주민도 발을 들이지 않은 야생의 땅으로 가리라. 나는 이미 이곳에 익숙해진 듯하다. 아프리카의 사냥꾼 커밍[42]에 따르면 아프리카 영양 가죽에서는 이제 막 사냥한 영양에서처럼 아주 맛있는 나무 냄새와 풀 냄새가 난다고 한다. 나는 모든 사람이 야생 영양처럼 자연의 일부 혹은 전부였으면 좋겠다. 그가 나타나면 달콤하게 감각을 자극해 왔음을 깨닫고, 그가 자연의 어떤 부분에 속하는지 알게 되면 좋겠다.

42 Roualeyn George Gordon Cumming(1820~1866): 스코틀랜드의 여행가. 1850년에 쓴 『남아프리카 깊은 내륙에서 보낸 5년간의 사냥꾼 생활(Five Years of a Hunter's Life in the Far Interior of South Africa)』로 유명하다.

사냥꾼의 코트에서 사향쥐 냄새가 나도 전혀 그를 비웃고 싶지 않다. 내게는 그 냄새가 상인이나 학자의 옷에서 나는 냄새보다 더 달콤하다. 상인이나 학자는 풀로 뒤덮인 초원이나 꽃이 활짝 핀 목초지를 드나들어도 그들의 옷장 속 옷에서는 상거래의 먼지 냄새나 도서관 냄새만 나지 그런 냄새가 나지 않는다.

햇볕에 탄 피부는 존경 이상의 대접을 받아야 하며 인간에게나 숲의 나무에게나 올리브색이 더 잘 어울린다. "창백한 백인이란!" 하고 아프리카인들이 동정해도 나는 놀라지 않을 것이다. 박물학자 다윈은 이렇게 말한다. "타히티 사람 옆에서 백인이 목욕하는 모습을 보면 야외에서 힘차게 자란 멋진 진초록색 식물 옆에 정원사의 기술로 창백해진 식물이 서 있는 것 같다."

벤 존슨[43]은 외친다.

"아름다운 것은 얼마나 선에 가까운가!"

그래서 나는 이렇게 말한다.

"야성적인 것은 얼마나 선에 가까운가!"

삶은 야성으로 구성되어 있다. 가장 생생한 것이 가장 야성적이다. 아직 인간에게 정복되지 않은 야성 덕분에 인간이 되살아난다. 끝없이 전진하고 잠시도 쉬지 않는 사람, 급성장하고 무한대로 삶을 발전시키는 사람은 언제나 새로운 나라나 야생 속에 있고 삶의 원재료에 둘러싸여 있을 것이다. 그런 사람은 쓰러진 원시림 나무를 타 넘고 다녀야 할 것이다.

내가 보기에 희망과 미래는 잔디밭이나 밭, 마을이나 도시

43 Ben Jonson(1572~1637): 영국의 극작가.

에 있지 않고 출렁이는 검은 습지에 있다. 전에 어떤 농장을 사려고 한 적이 있었다. 왜 그곳이 마음에 들었을까 곰곰 생각해 보니, 그 집이 햇빛이 거의 들지 않는 끝없이 깊은 습지에 있고 그 집 모퉁이에 저절로 생긴 웅덩이가 있어서였다. 그 웅덩이가 보석처럼 나를 사로잡았다. 마을에 있는 잘 가꾼 채마밭보다 집 주변의 습지에서 먹을거리를 더 많이 얻을 수 있다. 작은 진펄꽃나무가 부드러운 땅을 뒤덮고 있었는데, 이 땅은 내가 본 어떤 영토보다 기름진 곳이다. 식물학이 거기서 자라는 덤불 식물의 이름 정도는 말해 줄 수 있다. 높이 자란 블루베리, 원추꽃 모양의 석남, 칼미아, 진달래, 철쭉 등 모든 식물이 출렁이는 이끼 속에 있다. 나는 종종 이런 진홍색 덤불을 집 앞에 심고 싶다. 정원이나 화단, 가문비나무를 심은 화분, 자갈길까지 다 없애고 싶다. 지하 창고를 팔 때 나온 모래를 덮기 위해 수입해 온 흙 대신 이 기름진 땅을 창문 아래 그대로 두고 싶다. 집 앞에, 이른바 앞마당을 만드는 대신 이런 땅을 두면 왜 안 되는가? 앞마당이라는 게 잡동사니 모음이나 자연과 예술을 위한 빈약한 변명에 지나지 않는데 말이다. 목수와 벽돌공이 집을 다 지은 후 떠나면 깨끗하게 청소하고 그럴싸한 외관을 갖추려고 앞마당을 만드는데, 거주자보다는 지나가는 사람들에게 보이려고 만드는 것이다. 나는 가장 격조 높은 앞마당 울타리라도 기뻐하며 둘러보고 싶은 마음이 전혀 없다. 가장 정교한 장식물, 울타리 끝의 도금한 도토리 모양 장식도 지겹고 역겹다. 현관을 습지 옆에 만들면(건조한 저장 창고를 만들기에 가장 좋은 장소는 아니더라도) 사람들이 드나들지 못할 것이다. 앞마당으로 들어올 수도 없고 기껏해야 그 앞을 지나쳐 갈 것이다. 집에 들어오려면 뒷길로 돌아와야 할 것이다.

물론 내가 괴팍할 수도 있지만 인간의 기술로 만들 수 있는 가장 아름다운 정원이나 음울한 습지 중 하나를 선택하라면 단연코 습지를 선택할 것이다. 사람들이여, 내게는 그대들의 노동이 너무나 허황돼 보인다!

외부가 황량할수록 정신은 틀림없이 그만큼 고양된다. 바다, 사막, 야생을 달라! 사막에는 물도 없고 황량하지만 청량한 공기와 고독이 보상으로 주어진다. 여행가 버턴[44]은 이렇게 말했다. "사기가 진작된다. 솔직하고 다정해지며, 탐험에 전념하고 남들에게 친절해진다. 사막에서 술은 역겨울 뿐이다. 동물처럼 살기만 해도 아주 즐겁다." 타타르[45] 지역을 장기간 여행한 사람들은 말한다. "개발된 땅에 다시 들어서자마자 불안하고 곤혹스러운 데다 소란스러운 문명에 가슴이 답답해 기절할 것 같았다. 숨을 쉴 수가 없어 매 순간 숨이 막혀 죽을 것 같았다." 나 자신을 재창조하고 싶을 때면 나무가 빽빽한 어두운 숲이 끝없이 펼쳐지고 일견 음울해 보이는 습지를 찾는다. 습지가 내게는 성스러운 장소다. 거기에 자연의 힘과 정수가 있다. 야생의 숲에 뒤덮인 처녀지의 흙은 사람과 나무 서로에게 이롭다. 농장에 거름이 필요한 만큼이나 사람들에게는 초원이 필요하다. 그곳에서 인간에게 영양을 공급하는 좋은 고기가 난다. 도시를 구원하는 의인 못지않게 도시 주변의 숲과 습지가 도시를 구원한다. 원시림 하나가 위에서 물결치고 또 다른 원시림은 아래서 썩고 있는 도시는,

44 Sir Richard Francis Burton(1821~1890): 영국의 탐험가. 주로 아프리카 지방을 탐험했는데, 1858년에는 탕가니카 호수를 발견했다.

45 동부 유럽에서 서부 아시아 일대.

곡물과 감자뿐 아니라 미래의 시인과 철학자가 자라기에 적합한 곳이다. 그런 토양에서 호메로스와 공자 같은 사람들이 나오고, 그런 산림 지대에서 메뚜기와 야생 꿀을 먹는 혁명가가 나온다.

일반적으로 야생 동물이 살거나 돌아갈 수 있는 숲이 있어야 야생 동물을 보호할 수 있다. 사람도 마찬가지다. 100년 전 사람들은 숲에서 벗겨 낸 나무껍질을 길에서 팔았다. 바로 그런 나무의 거친 원시성으로 인해 사상의 조직도 단단해지고 강해진다. 나의 고향 마을에서 이제 더 이상 두툼한 양질의 나무껍질을 모을 수 없고 타르와 테레빈유도 만들지 않는 쇠락한 상황이 된 것을 생각하면 소름이 끼친다.

그리스, 로마, 영국 같은 문명 국가는 오래전에 썩어서 생긴 주변의 원시림에 의해 유지되었다. 흙만 있으면, 원시림은 살아남는다. 아, 인간의 문명이여! 식물 세계가 사라져 버린다면 국가에는 기대할 게 없다. 그런 곳에서는 선조의 뼈로 거름을 만들어야 한다. 그런 곳에서 시인은 자신의 남아도는 지방 덩어리로 버텨야 하고, 철학자는 골수가 다 빠져나갈 지경이 된다.

"처녀지에서 일하는 것"이 미국인의 임무이고 "이곳은 다른 어떤 곳보다 농업의 비중이 높다." 인디언이 사라지고 농부가 그 땅을 차지한 것은 농부가 초원을 구했기 때문일 터다. 그로써 농부는 더 강해지고 어떤 면에서는 더 자연스러워졌다. 어느 날 습지에다 160미터나 되는 줄을 쳐 놓은 사람을 보았다. 그 습지 입구에는 단테[46]가 지옥에 들어가기 전에 읽

46 Dante Alighieri(1265~1321): 이탈리아 르네상스를 대표하는 작가.

으면 어울릴 법한 말이 있었다. "여기 들어오는 자여, 희망을 모두 버려라." 그 희망이란 여기서 나갈 희망을 말한다. 한번은 습지 주인이 자신의 소유지인 이곳에서 목까지 물에 담그고 필사적으로 수영하는 걸 보았다. 그는 비슷한 습지를 하나 더 가지고 있었다. 그 습지는 완전히 물에 잠겨 전혀 보이지 않았다. 그리고 내가 멀리서만 본 세 번째 습지에 대해서는 진흙 때문에 어떤 일이 있어도 그곳을 팔지 않겠으며 그게 옳은 결정이라는 걸 본능적으로 안다고 했다. 그는 삽으로 습지 전체를 둘러싸는 도랑을 파서 그곳을 구할 작정이다. 이런 사람이 바로 내가 말한 유형인 것이다.

가장 중요한 승리를 보상하는 무기, 아버지로부터 아들에게 가보로 상속되는 무기는 검이나 창이 아니다. 초원의 풀물로 녹슬고 어렵게 일군 밭의 먼지로 더러워진 낫, 잔디깎이, 삽, 습지용 괭이가 그런 무기다. 바람은 인디언의 옥수수밭에서 초원으로 불며 방법을 가르쳐 주지만 인디언에겐 그것을 따라할 기술이 없다. 인디언은 안전하게 장소를 팔 때도 가진 도구라고는 조개껍질밖에 없다. 하지만 농부에게는 쟁기와 삽이 있다.

문학에서 매력적인 것은 야성밖에 없다. 아둔함은 길들여짐의 다른 이름일 뿐이다. 『햄릿』이나 『일리아스』 혹은 학교에서 배우지 않는 성경과 신화에서 찾아볼 수 있는, 문명화되지 않은 자유롭고 야성적인 사고에서 우리는 즐거움을 얻는다. 집오리보다 청둥오리가 더 빨리 움직이고 더 아름답듯이 사고도 야생적 사고가 더 훌륭하다. 청둥오리는 이슬이 내릴 때 늪지 위로 날아간다. 정말 위대한 책은 서부의 초원이나 동부의 깊은 숲에 있는 야생화처럼 갑자기 자연스럽게 나타날 것이다. 아름답고 완벽한 것, 설명할 수 없는 그 무엇이다. 천재는 번쩍이는 번개처럼 어둠을 드러내는 빛이다. 그 빛은 지식의 사원 자체를 산산조각 낸다. 해가 빛나면 희미해지는 난롯가의 양초 불빛 정도가 아니다.

음유 시인부터 호반 시인[47]까지, 초서, 스펜서,[48] 밀턴,[49] 셰익스피어까지 영국 문학을 살펴보아도 아주 신선하지도, 이런 의미에서 야성적이지도 않다. 영국 문학은 본질적으로 길들고 문명화된 문학으로 그리스와 로마를 반영한다. 영국 문학에서 야생은 초록색 숲이고, 야성적인 인물은 로빈 후드다. 자연에 대한 온화한 사랑을 노래한 문학은 많지만 자연 자체를 사랑한 문학은 드물다. 자연의 연대기는 야생 동물이 언제 사라졌는지는 알려 주지만 야성적인 인간이 언제 사라졌는지는 알려 주지 않는다.

훔볼트의 과학은 시와 전혀 관계가 없다. 오늘날 시인은 모든 과학적 발견과 축적된 지식에도 불구하고 호메로스를 넘어서지 못한다. 자연을 표현한 문학은 어디에 있는가? 시인은 자기 마음대로 바람과 물결을 다루며 표현하는 사람이고, 원초적인 감각으로 단어에 망치질을 하는 사람이다. 마치 농부가 봄에 서리 때문에 들뜬 말뚝을 박듯이. 시인은 이미 만들어진 단어도 사용하지만 그에 못지않게 단어를 캐내어 뿌리에 흙이 묻은 그대로 책 속으로 이식하는 사람이다. 도서관에 있는 곰팡이 핀 책 사이에는 진실하고 자연스러운 단어가 반

47 워즈워스와 콜리지 등 19세기 영국 낭만파 시인.

48 Edmand Spenser(1522~1599): 영국 시인.

49 John Milton(1608~1674): 영국 시인. 『실낙원』의 저자.

쯤 억눌려 있는데 봄이 오면 꽃봉오리가 나올 것이다. 거기서 주변 자연에 교감하며 매년 충실한 독자를 위해 같은 종류의 꽃을 피우고 열매를 맺을 것이다.

이런 야성에 대한 열정을 적절하게 표현한 시를 찾을 수가 없다. 이와 같은 관점에서 접근해 보면 가장 훌륭한 시도 길든 것으로 보인다. 고대 문학이든 현대 문학이든 어디에도 내가 잘 아는 자연을 흡족하게 표현한 시가 없다. 내가 원하는 것은 신고전주의 문학에서도, 엘리자베스 시대 문학에서도 찾을 수 없다. 가장 비슷한 것이 신화다. 영국 문학에 비해 적어도 그리스 신화는 아주 풍요로운 자연에 뿌리를 두고 있다. 신화는 구세계의 토양이 모두 황폐해지기 전에, 환상과 상상이 다 시들어 버리기 전에 지켜야 할 곡물이다. 원초적 활력을 잃지 않은 곳에는 아직도 신화가 남아 있다. 그 외의 문학은 우리 집 위에 드리운 느릅나무처럼 그저 버티고 있다. 그러나 신화는 태초부터 서쪽 섬에서 자라는 커다란 용혈수와 같고 영원히 자랄 것이다. 다른 문학이 쇠퇴하면 오히려 신화가 번성할 토양이 생기기 때문이다.

서양은 동양의 우화에 자신의 우화를 첨가한다. 갠지스강, 나일강, 라인강 옆 계곡에서는 이미 우화가 많이 생겨났다. 아마존강, 플레이트강,[50] 오리노코강,[51] 세인트로렌스강,[52] 미시시피강 옆 계곡에서 무엇이 나올지는 지켜볼 일이다. 미국의 자유는 이미 하나의 신화가 되었지만 세월이 지나

50 위스콘신주 남서부의 강.

51 남아메리카 대륙 3대 하천의 하나로, 콜롬비아와 베네수엘라를 가로질러 북쪽의 카리브해로 유입된다.

52 캐나다 동부에 있는 강. 온타리오호에서 시작해 대서양으로 흐른다.

면 과거의 신화가 될 것이다. 그때 세계 각국 시인들이 미국 신화에서 영감을 얻을 것이다.

야성적인 사람이 꿈꾸는 가장 야성적인 꿈은 오늘날 영미 사람들의 상식과 다르지만 그 상식 못지않게 진실이다. 진실이 항상 상식과 맞아떨어지는 것은 아니다. 자연에는 양배추뿐 아니라 클레머티스[53]의 자리도 있다. 어떤 진실은 회상적이고, 어떤 진실은 합리적이고, 또 어떤 진실은 예언적이다. 어떤 병들은 건강의 형태를 예언하기까지 한다. 지질학자들은 뱀, 그리핀,[54] 익룡 등의 화려한 장식 문양들이 인간이 창조되기 이전에 사라진 화석 표본을 본뜬 것으로, "유기체 이전의 상태에 대해 어렴풋하고 희미한 지식"을 제공한다고 한다. 힌두인들은, 지구는 코끼리 위에, 코끼리는 거북이 위에, 거북이는 뱀 위에 놓여 있다고 상상한다. 비록 사소한 우연의 일치이지만 최근에 아시아에서 발견된 거북이 화석은 코끼리를 올려놓아도 될 만큼 엄청나게 크다. 이런 말이 너무 생뚱맞지는 않을 것이다. 고백하자면 이 야성적인 환상, 시간과 진화의 질서를 뛰어넘는 이런 환상이 너무나 마음에 든다. 이 환상은 지성이 창조해 낸 가장 숭고한 작품이다. 자고새가 완두콩을 좋아하기는 해도 냄비 속에서 함께 요리되는 완두콩을 좋아하지는 않는다.

간단히 말해 좋은 것은 모두 야성적이고 자유롭다. 기악이든 성악이든 그렇다. 예를 들어 여름밤에 울려 퍼지는 야성적인 나팔소리에는 원시림에서 포효하는 야생 동물의 본능을

53 흰색, 분홍색, 자주색의 큰 꽃이 피는 덩굴 식물.

54 사자 몸통에 독수리의 머리와 날개를 지닌 신화적 존재.

일깨우는 뭔가가 있다. 절대 풍자가 아니다. 내가 이해하는 한 그 소리에는 야성이 넘친다. 나는 길든 사람이 아니라 야성적인 사람을 이웃이나 친구로 사귀고 싶다. 착한 사람들이나 연인들은, 야만인의 야성 못지않은 격렬한 열정을 보인다.

가축들이 본연의 권리를 행사하는 모습은 보기 좋다. 가축이 원래 가지고 있던 야생의 습관과 힘을 완전히 잃지 않았다는 증거를 보여 주는 광경은 어떤 것이든 다 좋다. 이웃집 암소가 이른 봄 목장을 뛰쳐나와서 대담하게 강으로 뛰어들어 녹은 눈으로 불어나 폭이 125~150미터나 되는 차가운 회색빛 강을 헤치고 헤엄치는 모습은 얼마나 보기 좋은가? 미시시피강을 건너는 버팔로도 마찬가지다. 이런 행동이 이미 위엄 있는 버팔로 떼의 위엄을 한층 더해 준다. 땅속에 씨앗이 있듯이 소나 말의 두꺼운 가죽 아래에는 영원한 원시적 본능의 씨앗이 남아 있다.

소 떼의 장난기는 예상하지 못한 것이었다. 어느 날 열두어 마리 되는 암소와 황소가 마구 까불며 이리저리 뛰어다니고 있었다. 그 소들은 커다란 쥐, 아니, 고양이처럼 보였다. 소들은 꼬리를 세운 채 고개를 흔들면서 언덕을 오르락내리락하며 뛰어다니고 있었다. 이런 행동과 아울러 소뿔을 보자 소와 사슴의 관계를 깨달았다. 하지만 아! 갑자기 그때 워 소리가 들렸다면 소들은 활기를 잃고 사슴에서 다시 소가 되었을 것이다. 소들의 근육이 기관차처럼 딱딱해졌을 것이다. 인류에게도 누군가가 "워!"라고 소리친다면 그건 악마의 소리가 아니겠는가? 많은 사람과 마찬가지로 소도 일종의 기관차처럼 산다. 소는 한 번에 한쪽 옆구리만 움직인다. 인간의 기관은 소와 말의 중간쯤 된다. 그러므로 채찍으로 어느 부위를 때

리든 그 부분이 마비된다. 소의 옆구리에 대해 이야기할 때 유연한 고양이 옆구리를 떠올리는 사람이 있었겠는가?

소나 말은 인간의 노예가 되기 전에 죽어 버리는 게 좋고, 인간은 유순한 사회인이 되기 전에 제멋대로 사는 게 좋다. 모든 사람이 문명에 어울리는 시민은 아니다. 그리고 대다수가 개나 양처럼 온순한 성질을 타고났다고 해서 그렇지 않은 사람들까지 본성을 억누르고 똑같이 온순해져야 할 이유는 없다. 사람들은 대개 서로 비슷하지만 다른 면도 있기 때문에 다양한 것이다. 하찮은 일은 이 사람이나 저 사람이나 다 잘할 수 있지만 고귀한 일은 아주 뛰어난 사람만이 할 수 있다. 바람이 새어 들어오지 못하게 구멍을 막는 일은 아무나 할 수 있지만 다음 일화의 저자가 하는 말은 아무나 할 수 있는 게 아니다. 공자는 "무두질한 호랑이나 표범 가죽은 무두질한 개가죽이나 양가죽과 다를 바 없다."라고 했다. 하지만 양을 사납게 만드는 것이 문화가 아니듯이 호랑이를 길들이는 것도 진정한 문화가 아니다. 호랑이 가죽을 무두질해서 구두를 만드는 것이 호랑이 가죽을 가장 잘 활용하는 방법은 아니다.

외국어로 된 장교 이름이나 특별한 주제를 다룬 작가들의 목록을 훑어보면 이름이 아무것도 아니라는 생각이 옳음을 재확인하게 된다. 멘시코프(Menschikoff) 같은 이름은 내 귀엔 수염(Whisker)을 연상시킬 뿐이고 그 이상 인간적인 것은 떠오르지 않는다. 어쩌면 예를 들어 쥐의 수염이 생각난다. 우리에게 폴란드 사람이나 러시아 사람의 이름이 이런 식으로 들리듯이 러시아 사람들에게는 우리 이름이 그렇게 들릴 것이다. 그들의 이름은 마치 어린아이들이 늘어놓는 무의미한 말처럼 들린다. 이어리, 파이어리, 이처리 밴, 티틀톨탠. 지상에서 야생 동물이 떼로 몰려다니는데 목동은 동물마다 자신의 사투리로 야만적인 이름을 붙인다. 물론 사람의 이름도 보즈나 트레이 같은 개 이름처럼 무의미하고 하찮다. 철학적으로 보면 사람 전체를 하나의 이름으로 부르는 편이 더 나을지도 모른다. 개인 정보로는 속(屬)이나 인종이나 변종 정도만 알아도 충분하다. 군인들이 저마다 고유한 특성을 지녔을 것 같지는 않기 때문이다.

오늘날 우리의 진정한 이름은 별명이다. 특별히 기운이 넘치는 아이를 친구들은 '버스터'[55]라고 부른다. 세례명 대신 이렇게 별명을 부르는 것도 괜찮다. 여행자들에 따르면 인디언은 처음에는 이름이 없다가 나중에 이름을 갖게 되며, 이름이 곧 명성이라고 한다. 어떤 인디언 종족은 새로운 업적을 세울 때마다 이름을 덧붙여 준다고 한다. 우리는 편의상 이름을 갖게 되는 데다, 이름도 명성도 얻지 못하니 슬프기도하다.

이름만으로 사람을 구분하는 건 말도 안 되고, 아무리 이름이 많아도 내게는 여전히 사람 전체가 하나의 무리로 보인다. 이름을 안다고 해서 그 사람을 더 잘 알게 되는 것은 아니다. 숲에서 자신만의 야성을 은밀하게 간직하고 있는 야만인이라면 이름을 가질 만하다. 우리 안에는 야만인이 있다. 아마 우리의 어딘가에 야만적인 이름이 기록되어 있을 것이다. 윌리엄이나 에드윈 같은 익숙한 이름을 가진 이웃이 윗도리를 벗는 순간 그 이름은 사라진다. 그가 잠자고 화내고 열정에 사로잡히거나 영감이 떠오를 때 그 이름은 그의 일부가 아니다. 그럴 때는 가족 중 누군가가 노래하듯이 혹은 입을 있는 대로

55 야단법석을 떠는 사람.

벌리고 원래의 야성적인 이름을 부르는 소리가 상상된다.

여기 이렇게 우리 주위에 광활하고 야만적인 어머니인 자연이 있다. 자연은 그렇게 아름답고 넘치는 사랑으로 표범처럼 우리를 감싼다. 하지만 우리는 성급하게 어머니 젖을 떼고, 사회, 다시 말해 인간의 상호 작용밖에 없는 문화를 향해 달려간다. 그 안에서 교육받고 성장해 기껏해야 영국의 귀족 문화 정도를 만들어 낸 것이다. 곧 한계가 드러날 문명을 말이다.

인간이 만들어 낸 최상의 제도라고 하는 사회에는 흔히 조숙한 아이가 있기 마련이다. 우리 자신도 성장기에 이미 작은 성인이었다. 내가 원하는 문화는 초원에서 동물의 배설물을 가져다 땅을 기름지게 하는 문화이지 인위적으로 가열한 거름을 사용하는 문화가 아니다. 첨단 기구나 유행에 휩쓸리는 문화는 싫다.

눈이 빠지게 공부하는 불쌍한 학생들에게 밤늦게까지 공부하라고 강요해서는 안 된다. 적당히 잠을 재우면 지적·육체적 성장이 빨라질 것이다. 빛도 지나치게 많으면 좋지 않다. 프랑스인 니에프스[56]는 '화학선 작용'을 발견했다. 즉 햇빛에 화학 작용을 일으키는 힘이 있고 화강암이나 석조 건물이나 청동 동상은 "모두 오랫동안 햇빛에 노출되면 부식된다. 하지만 자연의 힘도 그에 못지않게 작용한다. 그러지 않는다면 우주의 힘이 아주 살짝만 닿아도 부서져 버릴 것"이라고 했다. 하지만 그는 또 이런 말도 했다. "낮에 햇빛으로 인해 변화를 겪은 물체는 이런 자극이 더 이상 가해지지 않는 밤에 원상태

56 Joseph Nicephore Niepce(1765~1833): 프랑스의 화학자. 1824년 감광선을 이용해 사진 제판 기술의 단서를 마련했다.

로 돌아간다." 이런 추측도 할 수 있다. "살아 있는 유기체에게 밤과 잠이 필요하듯이 물체에도 어둠의 시간이 필요하다." 달조차 매일 밤 빛나지 않고 때로는 어둠 속에 잠긴다. 땅을 모조리 경작하지 않듯이 인간이 지닌 자질도 속속들이 계발할 필요가 없다. 우리가 땅의 일부를 경작하지만 목초지와 숲이 더 많다. 경작지를 당장 사용하기도 하지만 매년 휴경지를 만들어 미래를 대비하기도 한다.

카드모스[57]가 만들어 낸 글자 말고도 아이들이 배워야 할 문자가 있다. 스페인 사람들은 이 미지의 야성적 지식을 표현하는 멋진 말을 가지고 있다. 그라마티카 파르다(Gramatica parda)라고 부르는데, 와인처럼 숙성된 문법을 가리킨다. 이것이 내가 말한 표범 본연의 지혜 같은 것이다.

유용한지식확산협회라는 단체 이름을 들은 적이 있다. "지식은 힘이다."라는 말도 있다. 하지만 이 협회 못지않게 유용한무지확산협회도 필요하다. 무지야말로 아름다운 지식이며 더 고차원적 의미에서 유용한 지식이다. 이른바 지식은 단지 뭔가를 안다는 허세일 뿐이고, 오히려 무지의 이점을 빼앗아 가는 게 아닐까? 이른바 지식이라는 것이 종종 적극적인 무지이고 무지가 소극적인 지식이기도 하다. 수년 동안 꾸준히 노력하며 신문을 읽은 후(학문이라는 것도 신문 더미에 지나지 않기 때문에) 많은 지식을 축적하고 기억하는 사람이 어느 봄날 위대한 사상의 들판을 거닐다가 풀을 뜯기도 한다. 마구를 모두 마구간에 두고 풀을 뜯는 말처럼 되는 것이다. 가끔씩 유용한지식확산협회 회원들에게 이렇게 말하고 싶다. 가서 풀

57 Cadmos: 페니키아 왕자로 테베를 건설하고 그리스에 알파벳을 전했다.

을 뜯어라. 이미 건초를 너무 오래 먹었으니까. 봄이 와서 초록 새싹이 돋아나고 있다. 농부들은 보통 5월 말이 되기 전에 암소를 시골 목초지로 몰고 간다. 물론 소를 외양간에 가두어 놓고 1년 내내 건초만 먹이며 자연을 거스르는 농부도 있다. 유용한지식확산협회에서는 아주 빈번하게 이런 식으로 소를 다룬다.

때때로는 인간의 무지가 유용할 뿐 아니라 아름답기까지 하다. 반면 이른바 지식은 추할 뿐 아니라 무용한 경우도 빈번하다. 어떤 사람이 제일 나을까? 어떤 주제에 대해서 전혀 모르는 사람과 아주 드문 경우지만 자신이 아무것도 모른다는 사실을 아는 사람과 일부만 알면서 전체를 안다고 생각하는 사람 중에서 누가 제일 나을까?

간헐적으로 지식에 대한 욕망이 솟지만 항상 미지의 땅으로 가 머리를 풀어헤치고 그 대기를 흠뻑 느끼고 싶다는 욕망은 영원하다. 우리가 도달할 수 있는 가장 높은 경지는 지식이 아니라 지성과의 공감이다. 이른바 지식이 얼마나 부족한지 드러날 때, 즉 철학 이상의 것이 하늘과 지상에 있음을 발견할 때 이런 고차원의 지성을 갖게 된다. 대오 각성하게 되는 것이다. 아니, 그 이상이다. 그것은 해가 뜨면 안개가 걷히는 것과 같다. 태양을 똑바로 보면 눈이 멀듯이 그 이상의 지식은 얻을 수 없다. 점성술사의 신탁에는 이런 말이 있다. "특정한 대상을 인식하려고 집착하는 순간에는 그 대상을 인식하지 못한다."

복종해야 할 법을 찾는 습관에는 비굴한 면이 있다. 필요할 때 우리 자신의 이익을 위해 법을 공부할 수는 있지만 성공적인 삶은 법과는 아무 관련이 없다. 법을 알기 전에는 구속당

해야 한다는 생각조차 하지 않는다. 그런데 자신을 구속할 법을 찾다니 불행한 일이다. 안개의 아이여, 자유롭게 살아라. 지식에 관한 한 우리는 모두 안개의 아이다. 자유롭게 살기로 한 사람은 입법자를 무시하며, 그런 점에서 법보다 우위에 있다. 『비슈누 푸라나』[58]에서는 이렇게 말한다. "우리를 구속하지 않는 것만 실천하면 된다. 우리를 자유롭게 하는 것만이 지식이라고 할 수 있다. 그 외의 의무는 모두 우리를 지치게 할 뿐이고 그 외의 지식은 모두 예술가의 영리함을 과시하는 것일 뿐이다."

우리 역사에는 놀라울 정도로 사건과 위기가 없고, 우리는 정신 능력을 제대로 발휘하지 못하고 있으며, 경험이라고 내세울 게 없다. 이런 가운데 나 자신은 분명히 급성장하며 발전하고 있다. 물론 무덥고 긴 어두운 밤이나 우울한 계절을 거쳐 힘겹게 성장하지만 나의 성장이 이런 따분한 평온을 깨트릴 것이다. 인생이 이렇게 보잘것없는 희극이나 소극이 아니고 신성한 비극이면 좋겠지만 실상은 그렇지 않다. 단테나 버니언[59] 같은 작가들은 정신 능력을 충분히 발휘한 것 같다. 그들의 문화는 우리의 공립 학교나 대학에서는 상상조차 할 수 없는 수준이었다. 대다수가 마호메트[60]라는 이름만 들어도 비명을 지르겠지만 마호메트조차 우리보다 더 훌륭한 명분을 위해 살고 죽었다.

가끔씩 생각에 잠겨 철로를 걷다가 미처 기적 소리를 듣

58 힌두교 성전. 비슈누는 힌두교 3대 신 중 하나다.

59 John Bunyan(1628~1688): 영국의 설교자이자 작가. 대표작으로 『천로 역정』이 있다.

60 Muhammad(570?~632): 이슬람교의 창시자.

지도 못했는데 기차가 지나가는 수가 있다. 그러면 우리의 생명은 가차 없는 법칙에 따라 곧 소멸되지만 기차는 다시 지나간다.

> 눈에 보이지 않지만 공기 중을 떠도는 가벼운 산들바람이여,
> 폭풍이 되어 로이라 주변의 엉겅퀴를 쓰러트리는구나.
> 숲속의 빈터를 휩쓸고 가는 여행자여,
> 왜 그렇게 빨리 그대는 내 곁을 스쳐 가는가?

대다수의 사람들은 사회에 이끌리지만 자연에 강하게 이끌리는 극소수의 사람이 있다. 인간은 예술을 창조했지만 많은 사람들이 동물만큼 민감하게 자연에 반응하지 못한다. 인간은 동물만큼 자연과 아름다운 관계를 맺지 못하는 경우가 많다. 인간은 풍경의 아름다움을 정말 제대로 이해하지 못한다! 그리스인들이 세상을 미(美) 혹은 질서라고 한 사실을 경청해야만 한다. 그러나 우리는 그리스인들의 말을 정확하게 이해하지 못하고 기껏해야 골동품이 된 문헌학적 사실에 기초해 그들을 존경하는 정도다.

나 자신에 대해서 말하자면, 나는 자연의 변방에 살다가 가끔 자연 속으로 쳐들어가 잠시 약탈하고 나오는 느낌이 든다. 자연에서 국가로 되돌아오긴 하지만 내 애국심과 충성심은 흑인 기병의 애국심 정도다. 자연스러운 삶을 살 수 있다면 기꺼이 도깨비불이라도 따라가 상상 너머에 있는 습지와 늪을 헤쳐 나가고 싶지만 그곳에 이르는 길을 비추어 주는 달도 반딧불도 없다. 자연의 특징은 너무나 광대하고 보편적이어서 자연의 특징 중 어느 하나도 제대로 알 수가 없다.

익숙한 들판 사이를 걷다 보면 문득 땅 주인의 권리증에 묘사된 땅과 전혀 다른 곳에 있는 느낌이 든다. 말하자면 실제 콩코드[61]의 경계를 벗어나 멀리 떨어진 들판에 있는 것 같다. 그곳은 이미 콩코드의 관할권 밖이며 더 이상 콩코드라는 단어가 암시하는 생각이 통하지 않는다. 나 자신이 둘러본 농가들, 나 자신이 세워 놓은 경계선이 안개 속처럼 희미하게 보인다. 그러나 어떤 화학 작용으로도 원 상태로 돌아가지 않는다. 그것들은 유리 아래로 사라져서 마치 화가가 그린 그림이 거기 아래서 희미하게 드러나는 정도다. 우리가 보통 때 알던 세계는 흔적도 없어지고 어떤 기념일도 없게 될 것이다.

언젠가 오후에 스폴딩 농장까지 걸어갔다. 지는 해가 맞은편에 있는 위풍당당한 소나무 숲을 환하게 비추었다. 나무 틈새로 황금빛 햇살이 비치자 소나무 숲이 귀족 저택의 홀같이 보였다. 콩코드에서 내가 모르는 장소에 유서 깊은 훌륭한 집안이 정착해 사는 것 같았다. 매우 감동적이었다. 태양은 그 가문의 종이었다. 이 귀족은 마을 사교계에 나가지도 않고 마을 사람들의 방문을 받지도 않았다. 숲을 지나 스폴딩의 크랜베리밭에서 그 귀족의 영지와 사냥지를 보았다. 훌쩍 자란 소나무는 그 집 박공이 되었다. 그 집을 똑똑히 볼 수는 없지만 나무 사이로 언뜻 드러났다. 기쁨을 억누르며 지르는 함성이 들리는 것 같았다. 그 집 사람들은 햇빛 위에 비스듬히 누워 있는 것 같았다. 그 집에는 아들과 딸이 있고 그들은 아주 행복해 보였다. 농부의 수레가 다니는 길이 그 집의 홀을 통과해도 그 집은 끄떡없다. 진흙 길에는 웅덩이가 있는지 하늘이 반

61 미국 매사추세츠주 동부의 마을. 이 근처에 월든 호수가 있다.

사되었다. 마을 사람들은 이 집 소문을 들은 적이 없다. 아니, 이런 이웃이 있는지조차 전혀 모른다. 스폴딩이 휘파람을 불며 소 떼를 몰고 그 집을 지나가는 소리가 들리지만, 그 귀족은 누구보다 조용히 살아간다. 그 집의 문장은 소나무와 참나무에 그려진 이끼다. 그들의 다락방은 소나무 꼭대기다. 그들은 정치에는 전혀 관심이 없다. 노동하는 소리도 들리지 않았다. 그들은 실을 잣지도 천을 짜지도 않았다. 하지만 바람이 잠잠해지고 아무 소리도 들리지 않을 때면 상상할 수 있는 가장 멋지고 달콤한 음악 소리가 나지막이 들렸다. 5월에 먼 벌집에서 들리는 소리 같기도 했다. 어쩌면 그들의 사유가 소리로 들렸을 수도 있다. 그들은 빈둥대며 허황된 생각이나 하고 있지는 않았다. 하지만 그들의 사유는 밖으로 드러나지 않기 때문에 외부 사람들은 알 수가 없었다.

그러나 그들이 잘 기억나지 않는다. 그들을 기억해 내려고 애쓰며 말하고 있는 지금 이 순간에도 그들은 기억에서 멀어지고 다시 떠오르지 않는다. 오랫동안 애써야만 그들이 이곳에 있었다는 그 멋진 생각이 겨우 떠오를 뿐이다. 이런 사람들이 살지 않았다면 나는 아마 콩코드를 떠났을 것이다.

뉴잉글랜드에서 매년 비둘기가 줄어든다고들 한다. 우리 숲에 비둘기가 집을 지을 만한 나무 기둥이 없어서다. 마찬가지로 우리 마음속에 있는 숲의 나무들도 쓸데없는 야심의 불을 지필 불쏘시개로 팔렸거나 아니면 제재소로 보내져 숲이 황폐해졌다. 그 후 매년 숲을 방문하는 사상이 점점 줄어들고 있다. 더 이상 사상이 생기지 않고, 사상이 발전하지도 않는다. 좀 더 괜찮은 계절에, 아마 봄이나 가을에 사상이 철새처럼 날갯짓을 하며 지나가면 마음의 풍경 위로 휙 스쳐 가는 그림자가 보인다. 그러나 하늘을 쳐다보아도 그 내용을 알 수 없다. 날개 달린 철새 같은 사상이 우리에게 오면 기껏해야 가금류가 되고 만다. 그런 사상은 더 이상 날아오르지 못하고 상하이나 코친차이나[62]의 영광을 누릴 뿐이다. 그런 위-대한 사상이나 그런 위-대한 사람들이 있다는 말만 들린다!

우리는 대지에 딱 붙어 살면서 여간해서 위로 올라가지 못한다! 우리는 좀 더 올라가야 한다. 적어도 나무에 올라갈 수는 있을 것이다. 한번은 언덕 꼭대기에 있는 큰 스트로부스잣나무에 올라간 적이 있었다. 온몸이 송진투성이가 되었지만 충분한 보상을 얻었다. 지평선에서 전에 보지 못한 산을 보았고 하늘과 대지 역시 더 넓었다. 나무 아래만 걷는다면 평생 걸어도 그런 광경을 보지 못할 것이다. 하지만 꼭대기에 있는 가지 끝에서 원추형의 빨간 잣나무꽃을 몇 송이 발견한 일이 무엇보다 즐거웠다. 스트로부스잣나무에 정교한 작은 꽃이 하늘을 향해 활짝 피어 있었다. 그때가 6월 말경이었는데, 꼭대기에서 꺾은 꽃을 곧장 동네로 가져가서 마침 지나가는 낯선 배심원에게 보여 주었다.(마침 법정이 열리는 주였다.) 그리고 농부와 목재상과 벌목꾼과 사냥꾼에게도 보여 주었다. 아무도 그런 꽃을 본 적이 없었다. 그들은 별똥별이라도 본 것처럼 깜짝 놀랐다. 스트로부스잣나무는, 기둥을 세울 때 눈에 잘 보이는 아랫부분만큼이나 윗부분까지 완벽하게 마감한 고대 건축가의 작품 같았다! 자연은 처음부터 그 작은 꽃이 우리 눈에 띄지 않도록 우리 머리 위에서 하늘을 향해 피게 만들었다. 초원에 가면 우리 발밑에 피어 있는 꽃만 본다. 오랜 세월 동

62 베트남 남부 메콩강 삼각주를 중심으로 한 지역.

안 스트로부스잣나무뿐 아니라 적송 꼭대기에도 정교한 꽃이 피어 있었다. 그런데도 땅 위를 걷는 어떤 농부도, 어떤 사냥꾼도 이 꽃을 본 적이 없었다.

무엇보다 우리는 현재를 살아야 한다. 그 이상을 할 여유가 없다. 과거의 기억에 얽매여 한순간이라도 낭비하지 않는 사람이 가장 축복받은 사람이다. 우리가 사는 곳의 마당마다 닭이 홰치는 소리가 들리는데, 그 소리를 무시하는 철학이라면 시대를 따라잡지 못한다. 그 소리야말로 우리의 일이나 사상이나 습관이 녹슬어 구식이 되었음을 쉽게 일깨워 준다. 현재를 사는 사람의 철학은 최근의 흐름을 따라잡는 것이다. 이 순간을 살라는 복음은 신약보다도 새로운 복음이다. 그런 사람은 뒤처지지 않는다. 아침에 일찍 일어나고 늘 시대의 흐름을 따라가고 가장 적절한 장소와 가장 적절한 시간을 택해야 한다. 그것이 자연의 건전함과 건강을 표현하는 일이자 온 세상에 대고 자랑하는 것이리라. 새로운 시의 샘에서 건강하게 물이 솟아나 이 마지막 순간을 축복하는 것이다. 그런 사람이 사는 곳에는 도망 노예 처벌법이 없다. 이런 노래를 들은 노예가 어떻게 주인을 배신하지 않겠는가?

이런 새가 부르는 노래의 장점은 전혀 애처롭지 않다는 것이다. 가수의 노래에 감동해서 울거나 웃기는 쉽다. 하지만 순수하게 솟아나는 아침의 기쁨을 느낄 사람은 어디에 있는가? 아주 고요한 일요일 아침 쓸쓸한 쓰레기 더미 사이를 헤치고 나무 깔린 길을 걷거나 장례식장에서 밤을 새운 후 멀리서 혹은 가까이에서 수탉이 홰치는 소리를 들을 때면 "어쨌든 우리와 같은 부류의 사람이 있구나." 하는 생각이 들어 정신이 번쩍 든다.

지난해 11월 어느 날 아주 멋진 석양을 보았다. 작은 시내가 시작되는 초원 위를 걷고 있었다. 마침내 추운 대낮이 지나가고 해가 지기 직전 지평선이 가장 맑아지는 시간이었다. 초원 위에 그림자가 동쪽으로 길게 뻗어 우리 자신이 마치 햇빛 속의 먼지 한 점처럼 느껴졌다. 그 순간 가장 부드럽고 밝은 아침 햇살 같은 햇살이 맞은편 지평선의 마른 풀잎과 나무둥치와 언덕의 작은 참나무 잎 위로 쏟아졌다. 조금 전까지만 해도 상상할 수도 없는 햇살이었고 대기 역시 아주 따뜻하고 고요했다. 그 초원이 천국 같았다. 이런 현상이 여기서만 일어나고 다시는 일어나지 않는 것은 아닐 것이다. 저녁마다 영원히 이런 현상이 수없이 나타날 것이고 이제 막 지나간 아이 역시 이런 현상을 보고 즐거워했으리라 생각하니 이 햇살이 더욱더 찬란해 보였다.

집 한 채 없는 외딴 초원에 해가 지는 광경은 햇살이 쏟아지는 도시만큼 찬란하고 아름답다. 어쩌면 도시보다 더 찬란할 것이다. 초원에서는 외로운 늪의 매가 햇빛으로 날개를 도금하고, 사향쥐가 둥지에서 내다보기도 하고, 검고 작은 시내가 이제 막 방향을 틀어 썩어 가는 나무 그루터기를 휘감고 흘러가기도 한다. 우리는 그렇게 순수하고 환한 햇빛 속을, 햇빛이 그렇게 부드럽고 고요하게 시든 풀잎과 낙엽을 도금해 놓은 풍경 속을 걷는다. 물결도 일지 않고 졸졸 소리도 들리지 않는 이런 황금 물에서는 목욕해 본 적이 없다는 생각이 났다. 서쪽의 숲과 언덕은 모두 엘리시움[63]의 경계선처럼 빛났고, 등 뒤의 태양은 저녁이면 우리를 집으로 몰고 가는 유순한 목

63 그리스 신화에서 영웅과 선인이 사후에 가는 낙원.

동 같았다.

그래서 우리는 성지를 향해 걸어간다. 어느 때보다 태양이 더 밝게 빛나는 그날까지. 우리의 마음과 정신 속으로 태양이 비쳐 우리의 생애 전체가 가을 강둑 위에 고요히 비치는 따스한 햇살처럼 위대한 각성의 빛으로 빛날 때까지.

## 가을의 색

유럽인들이 미국에 와 가을에 나뭇잎이 찬란하게 빛나는 광경을 보고 깜짝 놀란다. 영국에는 단풍이 들지 않아서 영국 시에는 나뭇잎이 물든 것에 대한 묘사가 전혀 없다. 이런 주제를 최대한 묘사한 것이[64] 톰슨의 「가을」이다. 그 구절은 이렇다.

> 하지만 다양한 색채의 숲이 시들어 가는 모습을 보라
> 점점 더 깊어지는 그늘을, 갈색빛을 띠는 시골 주위를.
> 시들어 암록색을 띤 잎부터 거무스름한 잎까지
> 무성한 잎들이 모두 어두운 암갈색을 띠는 것을.

그리고 그는 이런 구절도 썼다.

64 James Thomson(1700~1748): 영국의 시인. 대표작으로 「계절들(The Seasons)」이 있다.

노란 잎으로 뒤덮인 숲 위로 가을이 빛난다.

아직은 우리 문학 작품 중엔 가을 숲의 변화를 멋지게 묘사한 인상적인 작품이 없다. 10월이 아직 우리 시를 물들이지 못한 것이다.

도시에서 살면서 시골의 가을을 본 적이 없는 사람은 이런 광경, 즉 단풍이 한 해의 꽃, 아니, 꽃보다는 잘 익은 과일처럼 보이는 광경을 본 적이 없을 것이다. 처음으로 이런 광경을 보는 사람과 마차를 타고 간 적이 있다. 그는 단풍의 절정이 2주 정도 지났는데도 매우 놀라워하며 나뭇잎이 더 찬란했다는 사실을 믿으려 들지 않았다. 전에 이런 현상에 대해 들은 적이 없었던 것이다. 우리 동네 사람 중 대다수도 이런 광경을 본 적이 없을뿐더러 보았더라도 시간이 흐를수록 거의 기억조차 못 한다.

대부분의 사람이 썩은 사과와 잘 익은 사과를 구분하지 못하듯이 변색한 나뭇잎과 시든 나뭇잎을 구분하지 못한다. 색이 짙어지는 것은 과일이 익는 것과 같이 완전히 익었다는 증거다. 보통은 가장 아래쪽에 있는 가장 오래된 나뭇잎부터 변색이 시작된다. 하지만 대개는 밝은색을 띠며, 완벽한 날개를 가진 밝은색 곤충이 오래 살지 못하듯이 나뭇잎도 익으면 떨어진다.

일반적으로 어떤 과일이든 익어서 떨어지기 직전에 좀 더 독립적인 개체가 되어 양분 공급을 필요로 하지 않는다. 줄기를 통해 흙의 양분을 얻기보다 태양이나 공기에서 양분을 얻는다. 이럴 때 과일은 더 밝은색을 띠고, 나뭇잎도 마찬가지다. 생리학자는 "산소를 더 많이 흡수하기 때문"이라고 한다.

그것은 이 문제에 대한 과학적 설명으로 사실을 재확인할 뿐이다. 그러나 나는 아가씨의 장밋빛 볼에 더 관심 있지 이 아가씨가 특별히 무엇을 섭취해 볼이 장밋빛이 되는지에 대해서는 관심이 없다. 바로 숲과 약초들, 아니, 지구 표면 전체가 밝은색을 띠고 완전히 익었다는 증거를 보여 준다. 마치 지구 자체가 과일처럼 나뭇가지에 매달려 태양을 향해 뺨을 내미는 것 같다.

꽃은 물든 나뭇잎일 뿐이고, 과일은 익은 나뭇잎일 뿐이다. 생리학자의 말대로 과일의 먹을 수 있는 부분은 대부분 "나뭇잎의 연조직이나 다육질"과 동일한 조직이다.

우리는 흔히 과일을 먹기 위해 얼마나 익었고 어떻게 익어 가는지만 본다. 과일의 색, 숙성 정도, 완벽한 모양에만 관심이 있다. 매년 자연스럽게 익어 가는 엄청난 나뭇잎의 수확에 대해서는 식용도 아니고 거의 이용 가치가 없어서 잊곤 한다. 해마다 열리는 가축 품평회나 농업 전시회에서는 커다란 과일만 대대적으로 전시된다. 그러나 이 과일들은 천박한 목적에 사용될 뿐 아름답다고 할 수는 없다. 하지만 우리 동네나 근처에서는 매년 다른 전시회가 열린다. 우리의 취향에 맞는 무한히 크고 특히 아름다운 과일, 즉 단풍이 전시된다.

10월은 울긋불긋한 단풍의 달이다. 온 세상에 풍요로운 나뭇잎이 찬란하게 빛난다. 하루가 저물기 직전에 더 밝게 빛나는 것처럼 한 해도 저물기 직전에 더 밝게 빛난다. 10월은 해가 지는 노을 진 하늘과 같고 11월은 황혼과 같다.

일전에 변화하는 나무와 관목과 풀이 초록색에서 갈색으로 바뀌어 가는 중간에 가장 빛나는 독특한 색을 띤 것을 보고 그 잎을 표본으로 채집해 모양과 색을 그려 놓아야겠다는 생각이 들었다. 그 책의 제목은 '10월 혹은 가을의 색'이 되어야 할 것이다. 그 책은 가장 빨리 물드는 식물에서 시작해 미국담쟁이덩굴, 뿌리 식물의 잎들, 단풍나무를 거쳐 호두나무, 옻나무의 잎, 이름이 잘 알려지지 않은 예쁜 반점이 있는 나뭇잎 그리고 마침내 가장 늦게 물드는 참나무와 사시나무 잎까지 다룰 것이다. 그것은 정말 기념비적인 책이 될 것이다! 기분이 내킬 때마다 책장을 넘기면 가을 숲을 산책하는 기분이 들 것이다. 그리고 그 나뭇잎을 그대로 빛이 바래지 않게 보전할 수 있다면 훨씬 더 좋을 것이다. 하지만 그 책을 아직 거의 진척시키지 못했다. 하지만 그 대신 빛나는 모든 나뭇잎을 눈에 띄는 순서대로 묘사해 보았다. 아래는 내가 써 둔 글에서 일부를 발췌한 것이다.

## 보랏빛 풀들

8월 20일 무렵이면, 숲과 늪지 어디든 가을을 맞이한다. 하나는 점박이 빼곡한 청미래덩굴잎과 고사리 때문이고, 또 다른 하나는 시들어 가는 거무스름한 앉은부채와 크리스마스로즈 그리고 강가에 있는 이미 까맣게 변한 부레옥잠 때문이다.

보라색 풀(Eragrostis pectinacea)은 아름다움의 절정에 이른다. 아직도 이 풀을 처음 본 순간이 기억난다. 강 근처 언덕에 서 있는데, 150 내지 200미터 떨어진 숲 가장자리에 보라색 풀이 30미터 정도의 띠를 이루고 있는 광경을 보았다. 거기서부터 땅이 초원 쪽으로 경사져 있었다. 그 풀은 색깔이 곱고 매력적이었다. 티보치아꽃처럼 아주 밝은 보라색은 아니고 진한 보랏빛이어서 근처의 블랙베리 물이 든 것처럼 보였다. 다가가서 자세히 보고 나서야 그것이 꽃이 핀 풀임을 알았다. 그 풀은 30센티미터도 안 되고 푸른 풀잎이라곤 얼마 있지도 않았지만, 보라색 꽃이 원추형으로 달려 있었다. 내 주변에서 연한 보랏빛 안개가 떨리는 것 같았다. 아주 가까이에서 보면 보랏빛 꽃이 희미한 보라색으로 보였고, 그다지 인상적이지 않을 뿐 아니라 알아보기도 힘들 정도였다. 만일 한 송이만 딴다면 너무 가는 데다 색깔도 별로 진하지 않아서 놀랄 것이다. 그러나 멀리서, 빛이 환하게 비추는 곳에 자리한 이 풀을 보면 멋지고 강렬한 보라색 꽃이 눈에 들어오고, 이것들로 대지가 풍요롭게 장식된 광경을 보게 될 터다. 그런 하찮은 꽃이 모여서 이렇게 멋진 효과를 내는 것이다. 이 풀은 보통 차분하고 눈에 띄지 않는 색깔이라서 내가 더 경탄하고 더 매료되었다.

그 아름다운 보랏빛을 보면 이젠 시들어 가는 티보치아가 떠오르고, 어쩌면 그 대용으로 여겨도 될 것 같다. 그것은 8월의 가장 흥미로운 현상이다. 가장 멋진 보라색 군락은 황무지나 메마른 언덕 가장자리에서 자란다. 그곳은 바로 초원의 가장자리라서 탐욕스럽게 풀을 베는 사람들이 낫을 휘두르지 않고 지나간 것일 수도 있고, 어쩌면 이 풀이 너무 가는 데다 보잘것없어서 보지 못했을 수도 있다. 또는 그 풀이 너무나 아름다워서 그 존재를 몰라봤을 수도 있다. 그런 사람들은 큰 조아재비나 이런 풀 따위는 눈여겨보지 않고 바로 옆에서 자라는 목초와 더 양분이 풍부한 풀에 주의를 기울여 벤다. 그래서 이 아름다운 보랏빛 안개는 산책자가 수확할 몫으로 내버려 둔다. 산책자의 상상 재료로 남겨 놓고 가는 것이다. 아마도 언덕 위에는 블랙베리, 망종화, 아무도 쳐다보지 않는 뻣뻣하게 시든 왕포아풀 있을 것이다. 이 풀이 매년 사람들이 베어 가는 목초들 사이에 자라지 않고, 다른 데에서 자란다는 것은 정말 다행스러운 일이다! 이처럼 자연은 효용과 아름다움을 분리한다. 나는 매년 이 풀이 나타나 대지를 보랏빛으로 물들이는 장소를 알고 있다. 이 풀은 경사가 완만한 곳에 일렬로 쭉 자라거나 직경 30센티미터 정도로 둥글게 여기저기 흩어져 자란다. 보랏빛 꽃은 처음 서리가 내릴 때까지 계속 피어 있다. 대다수 식물들의 경우, 꽃부리나 꽃받침이 가장 고운 색으로 아주 매력적이다. 또 식물 대부분이 과일이나 과피는 고운 색이고, 홍단풍처럼 잎이 고운 색일 경우도 있다. 또 다른 식물들의 경우, 줄기 자체가 가장 중요한 꽃이거나 꽃이 피어나는 부분이다.

특히 미국자리공나무(Phytolacca decandra)가 마지막 경우에 해당한다. 절벽 아래 서 있는 몇몇 식물은 지금, 9월 초에 눈부신 보랏빛 줄기를 보여 준다. 이 줄기가 내게는 대부분의 꽃보다 더 매력적이다. 이것이야말로 가을에 가장 중요한 과일 중 하나다. 줄기 색깔이 지나치게 고와서 모든 식물의 부위가 꽃(혹은 과일)이다. 줄기, 가지, 꽃자루, 작은 꽃자루, 잎자루와 끝으로 누르스름한 보랏빛의 잎까지 그렇다. 사방에서 18내지 21센티미터의 초록색부터 진한 보라색까지 다양한 빛깔의 자리공 열매가 원통형으로 우아하게 고개를 떨어뜨리고 새들의 먹이가 된다. 새들이 쪼아 먹는 열매를 떠받치는 꽃받침까지도 호수-빨간색으로 그 주변에 진홍빛 불꽃을 반사시키는 것 같다. 이것은 그 무엇에도 비교할 수 없으며, 완전히 익어서 전체가 불타는 듯하다. 라카색(lacca)의 어원은 호수

(lake)를 뜻하는 락(lac)에서 나왔다. 동시에 이 풀에는 꽃봉오리, 꽃, 초록색 열매, 무르익은 진한 보라색 열매, 꽃과 같은 꽃받침이 달려 있다.

우리는 온대 지대 식물의 색이라면 어떤 빨강이든 사랑한다. 빨강은 색 중의 색이다. 빨간색 식물은 우리의 피에다 말을 건다. 그리고 이 식물은 가장 멋진 모습을 뽐내기 위해서 밝은 태양에게 자신을 비춰 달라고 부탁한다. 우리가 그런 모습을 보고 싶으면, 한 해 중 바로 이 계절에 보아야 한다. 8월 23일쯤 되면 따스한 언덕 위로 줄기가 완전히 자란다. 23일에 나는 1.8 내지 2.1미터 높이의 보랏빛 풀숲을 거닌다. 그 풀은 동네 근처의 아름다운 절벽 중 하나의 가장자리에 나 있고, 그곳에서 일찍 꽃을 피운다. 잎은 아직도 싱싱한 초록색이지만 잎과 대조를 이루면서 보랏빛 열매로 땅을 뒤덮는다. 마치 한 번의 여름만 있으면 충분하다는 듯이 자연은 이런 식물을 생산하고 완성시키는데, 이것은 자연의 값진 승리로 보인다. 그 풀이 얼마나 완벽하게 농익는지! 이 풀은 자연을 장식하고, 적절한 죽음으로 끝이 나는 성공적인 삶의 상징이다. 우리가 미국자리공처럼 뿌리와 줄기가 완벽하게 자라서 쇠락하는 중에도 빛난다면 죽음을 맞이한들 어떠랴! 이 풀을 보고 있노라면 신이 난다는 점을 고백한다. 풀 하나를 지팡이로 쓰려고 자른다. 기꺼이 그 줄기를 쥐고 몸을 기댈 것이다. 나는 손가락으로 거기 달린 자리공 열매를 짓이겨서 손에 그 즙이 물드는 것을 좋아한다. 런던 부두에서 파이프를 태우는 사람들의 숫자나 세는 것이 아니라, 그 대신 석양의 빛을 흠뻑 받은 보라색 포도주통 사이를 걸을 수 있다면 그것이야말로 얼마나 큰 특권인가! 자연의 포도주는 포도에만 한정되지 않는다. 이 나라 시인들은 본 적도 없는 외국 포도주에 대해서 노래해 왔다. 그런 시인들은 마치 조국 식물의 과즙이 모자란 것처럼 외국 포도주 타령만 한다. 사실 어떤 사람들은 미국자리공을 미국 포도라고 불러 왔다. 그리고 미국이 원산지이지만 이 식물의 과즙은 외국에서도 포도주 빛깔을 더 진하게 하는 데 쓰인다. 이 나라의 시인들이 미국자리공의 존재를 모른 채 외국 포도주를 마시며 찬양하고 있다니! 미국자리공 열매로 여기 서쪽 하늘을 새로운 색으로 칠할 수도 있고, 원한다면 맘껏 술잔치를 벌일 수도 있다. 빨간 줄기로 만든 플루트에 맞춰 춤을 추어도 되리! 이것은 정말로 식물의 왕이다. 나는 미국자리공 사이에서 사색에 잠겨 한 해가 저무는 시간을 보낼 수 있다. 그리고 아마 미국자리공 군락 속에서 마침내 새로운 철학 학파나 시학파가 나올 것 같다. 미국자리공은 9월 내내 살아 있다.

이와 동시에 8월이 끝날 무렵이면 내가 좋아하는 쇠풀속 혹은 쇠돌피라고 하는 풀이 절정에 이른다. 이 풀은 갈라진 쇠돌피 혹은 보라색 손가락풀이라고 불리는 풀, 보라색 포아풀이라고 불리는 풀, 인디언풀이라고 불리는 풀 등 세 종류로 나뉜다. 보라색 손가락풀은 1 내지 2미터 정도 높이에, 대가 가늘며 꼭대기에는 보라색 손가락처럼 네다섯 가닥으로 갈라진 꽃잎이 위를 향해 펴져 있다. 두 번째 말한 보라색 포아풀은 대가 아주 가늘어서 휘어지기도 하고 2미터 높이로 풀밭을 이루며 자라는데 꽃이 지면 하얀색 솜 같은 것이 매달린다. 이 계절에는 밭이고 언덕이고 모두 메마르고 흙만 보이는데 이 두 가지 풀이 남아서 주종을 이룬다. 이 두 가지 풀들은, 꽃은 말할 것도 없이 대까지 모두 보랏빛을 띠고서 가을이 깊어 감을 말해 준다. 이 풀들에 더 정이 가는 이유는 농부들도 무시하는 버려진 황무지에서 자라나기 때문이다. 이 풀들은 잘 익은 포도처럼 색깔이 곱고 봄에는 감히 생각도 못 할 정도로 무르익는다. 8월의 빛을 받지 않았다면 풀잎과 대가 이렇게 반짝거리지 않을 것이다. 고지대에서 목초 만들기를 끝낸 지 오래인 농부가, 이제야 비로소 꽃을 피운 가느다란 잡초까지 신경 써 가며 낫으로 베지는 않을 것이다. 잡초들 사이에 흙이 그냥 드러나 보이는 공간들이 있기는 하다. 하지만 나는 용기를 내어 보라색 포아풀밭 사이를 지나서 흙이 드러난 부분을 건너 관목 오크를 따라간다. 이런 동료들을 하나하나 알아보며 즐겁게 걷는다. 마음속으로는 넓은 풀밭의 풀들을 모두 베어 "얻은" 다음, 다시 마음속에서 눈 깜짝할 사이에 그 풀들을 묶어 일렬로 세운다. 귀가 밝은 시인이 있다면 내가 낫으로 풀 베는 소리를 들을 것이다. 보라색 손가락풀과 보라색 포아풀은 내가 처음으로 구분하게 된 풀들이다. 그전에는 이런 풀들이 서 있다는 생각만 하고 내 자신이 얼마나 서로 다른 친구들에게 둘러싸여 있는지 짐작조차 못 했다. 이 풀들의 보랏빛 대를 보면 미국자리공 대를 볼 때처럼 신이 난다.

8월 이전에 졸업식과 사교 모임을 피해 홀로 있을 수 있는 은신처가 어디 있는지 생각해 보라! 나라면 "위대한 들판" 가장자리에 있는 보라색 포아풀밭 사이를 걸을 것이다. 이런 오후에 산책을 할 때마다 보라색 손가락풀이 안내판처럼 서서 나의 생각을 최근에 여행했던 곳보다 더욱더 시적인 길로 인도한다.

아마도 사람들은 자신의 키만큼이나 큰 풀 옆을 급히 지나가며 짓밟기만 할 것이다. 그리고 수년 동안 그 풀들을 수톤씩 베어 외양간에 깔아 주고 소를 먹였더라도 그것의 존재를 안다고는 할 수 없으리라. 하지만 애정을 가지고 살펴본다면, 그 풀들의 아름다움에 압도당할 터다. 가장 보잘것없는 식물도, 이른바 잡초라고 하는 것도 자세히 들여다보면, 그 풀들이 거기 서서 우리의 생각이나 분위기를 표현해 왔음을 깨닫게 될 것이다. 하지만 그렇게 오랫동안 서 있었는데도 아무도 알지 못하다니! 나는 몇 년이나 8월이면 이 위대한 들판을 산책했음에도 거기에 이런 보라색 친구들이 존재했다는 사실을 명확하게 알지 못했다. 나도 그 풀들을 스쳐 가거나 정말이지 짓밟기도 했었다. 그리고 마침내 이제야 그 풀들이 일어서서, 말하자면 나를 축복했다. 아름다움과 진정한 부는 이렇게 늘 싸구려 취급을 받고 멸시를 당한다. 천국조차 사람들이 회피하는 장소로 정의될 수 있을 것이다. 농부에게는 전혀 중요하지 않은 풀들이지만, 우리가 그것들을 알아본 순간 큰 보상을 받을 수 있다. 누가 그런 사실을 의심할 수 있는가? 나도 그 풀들을 본 적이 없다고 말했을 것이다. 그러나 마침내 그 풀들을 마주 보게 되자 과거 세월이 쌓아 둔 보랏빛이 쏟아져 내렸다. 그리고 이제 어디를 가든 다른 풀은 거의 눈에 들어오지 않는다. 쇠풀속이 이곳을 지배하는 대통령이다.

땅 자체가 8월의 태양이 모든 것을 농익게 했음을 보여 준다. 흔들거리는 가느다란 풀들이 땅 위에 보랏빛을 반사시키는 것 같다. 보랏빛으로 물든 땅이라니! 이 모든 햇살이 식물과 대지에 속속들이 흡수된 결과로 이런 풍경이 펼쳐지는 것이다. 모든 수액, 아니 피가 이제는 포도주 빛깔이다. 마침내 보랏빛 바다뿐 아니라 보랏빛 대지도 생겨난다.

밤나무 쇠돌피, 인디언풀 혹은 포아풀이라고 불리는 풀은 황무지 여기저기 자라며 앞에 말한 두 가지 풀보다는 드물게 눈에 띄지만, 그것들보다 더 멋지고(높이 60센티미터에서 1.2 혹은 1.5미터) 더 강렬한 색이다. 이 풀이 인디언의 눈길을 끈 것도 당연해 보인다. 가느다란 밝은 보라색 꽃과 노란색 꽃이 한쪽으로 약간 길게 늘어지는데, 그 모습이 마치 무성한 잎 위에 높이 솟은 깃발처럼 보인다. 이 밝은 깃발들은 먼 언덕 등성이에 집결한 대규모 군대의 것이 아니라, 여기저기 흩어진 작은 군대나 일렬종대로 선 군인들의 것처럼 보인다. 이 풀은 이렇게 밝고 아름답게 서 있고, 인디언풀이라는 이름대로 인디언의 모습을 잘 나타낸다. 사람들이 보지 못하고 지나치는 경우가 대부분이기는 하지만 나처럼 지나가다가 처음으로 이 풀을 알아본다면, 이 풀이 나를 쳐다보기라도 한 듯이 일주일 내내 머릿속에서 떠나지 않았다. 인디언풀은 자신이 사랑하는 사냥터를 마지막으로 바라보는 인디언 추장처럼 서 있다.

### 홍단풍

대개 9월 25일쯤 되면 홍단풍이 들기 시작한다. 큰 나무들은 1주일 안에 완연한 변화를 보이고 몇몇 나무들은 이 즈음 아주 찬란하게 빛난다. 초원을 가로질러 1킬로미터쯤 걸어가다 보면 푸른 숲을 배경으로 작은 단풍나무가 나타난다. 여름에 피는 꽃보다 훨씬 밝은 붉은색이라 더욱더 눈에 띈다. 과일이 먼저 익는 나무가 있는 것처럼 가을이 되면 다른 나무보다 빨리 물드는 이 나무를 몇 년 동안 지켜보았다. 홍단풍은 가을이 왔다고 알려 주는 것 같다. 이 나무를 베어 내면 마음이 아플 것 같다. 내가 알기에 이런 나무가 우리 동네에도 두

세 그루 있다. 아마도 일찍 물드는 9월의 나무처럼 퍼진 것일 터다. 이 나무들이 아주 마음에 든다면 순무 씨앗 못지않게 이 나무 씨앗도 시장에서 판매해야 할 것이다.

지금 불타는 이 홍단풍은 주로 초원 가장자리에 있다. 그리고 언덕 여기저기 있는 홍단풍은 멀리서도 쉽게 알아볼 수 있다. 때로 습지 주변의 나무들은 아직도 진한 초록색인데 어린 단풍나무 몇 그루가 진홍색으로 변해 훨씬 더 밝게 빛난다. 이른 가을 들판을 가로질러 가다가 갑자기 홍단풍을 보게 될 것이다. 그것은 마치 전혀 예상치 못했는데 우연히 인디언이나 벌목꾼의 화려한 야영지를 보게 되는 경험과 비슷할 것이다.

쭉 늘어서서 숲 전체를 메운 홍단풍보다 아직 연한 초록색 나무나 상록수를 배경으로 한 그루씩 있는 다홍색 홍단풍이 훨씬 더 기억에 남는다. 낮은 가지부터 꼭대기까지 잎마다 활활 타올라 과즙이 뚝뚝 떨어지는, 완숙한 커다란 다홍색 과일이 주렁주렁 열린 것처럼 보인다. 얼마나 아름다운가! 특히 해가 비치는 하늘 쪽으로 나무를 보면 더욱더 아름다워 보일 것이다. 주변 풍경 중에서 이보다 더 눈에 띄는 게 있을까? 몇 킬로미터나 떨어진 곳에서도 눈에 띄는 홍단풍은 믿을 수 없을 정도로 빼어나게 예쁘다. 이런 현상이 단 한 번만 일어나고 사라진다면 자손들에게 구전되고 마침내 신화가 될 것이다.

홍단풍은 이렇게 다른 나무보다 빨리 물들어서 특히 눈에 띄고 1~2주 동안 그 모습을 유지한다. 다른 나무들이 초록색 옷을 입고 있을 때 혼자 군인처럼 다홍색 깃발을 높이 들고 있는 홍단풍을 보면 소름이 끼친다. 그 나무를 보고 가려고 일부러 1킬로미터나 돌아가기도 한다. 풀로 뒤덮인 계곡에 서 있는 단풍나무 한 그루는 왕관처럼 아름답게 빛난다. 이 나무 덕분에 곧 주변의 온 숲이 더욱더 생기를 띤다.

길에서 1.5킬로미터 정도 떨어진 외딴 계곡 입구에 작은 홍단풍 한 그루가 자라고 있을 수 있다. 그 나무는 거기서 여름이고 겨울이고 근검절약하며 단풍나무의 의무를 충실하게 이행해 왔을 것이다. 몇 달 동안 옆으로 퍼지지 않고 똑바로 위로만 자라 위풍당당한 단풍의 미덕을 갖추고 하늘에 훨씬 가까이 다가가 있다. 그 나무는 충실하게 수액을 관리하며 새에게 둥지를 제공해 왔다. 오랫동안 익힌 씨앗을 바람에 날려 보내고, 이제 어디선가 이미 작은 단풍나무 수천 그루가 얌전하게 뿌리내린 사실을 알고 흐뭇해하는 것 같다. 이 홍단풍 한 그루가 단풍 왕국을 세웠다고 할 만하다. 단풍잎은 때때로 나무에게 "우린 언제 붉게 물들죠?"라고 속삭인다. 그리고 9월이 되어 사람들이 서둘러 바다나 들이나 호수로 여행을 떠나면 이 단풍나무는 가만히 겸손하게 서서 널리 그 명성을 떨친다. 즉 언덕에서 다홍색 깃발을 펄럭이며 모든 나무들 앞에서 자신은 여름 일을 끝냈고, 이제는 더 이상 다른 나무들과 경쟁하지 않으리라고 선언한다. 나무가 무성하게 자랄 때는 아무리 꼼꼼히 보아도 보이지 않던 홍단풍이 마침내 한 해가 저물 무렵에야 성숙한 색깔로 붉게 물들어 멀리서 무심히 지나가는 나그네의 눈에 띈다. 나그네는 먼지로 뿌연 길에서 눈길을 돌려 단풍나무가 풍기는 멋진 고독의 분위기에 빠진다. 그 나무는 꽃단풍으로 모든 미덕과 아름다움을 뽐내며 눈부시게 번쩍인다. 다홍색[65]이 된 것을 죄가 아

65 다홍색(Scarlet) 글자는 간통죄를 뜻한다.

니라 미덕으로 자랑한다.

이 나라의 나무 중 진한 다홍색을 자랑하는 것은 홍단풍이지만 가장 널리 알려진 것은 설탕단풍이다. 미쇼는 「숲」이라는 글에서 가을 홍단풍의 색에 대해서는 말하지 않았다. 다른 나무들은 아직 초록색인 10월 2일경에 홍단풍은 큰 나무, 어린 나무 할 것 없이 모두 가장 진한 다홍색으로 빛난다. "어린 나무들이 싹튼 곳"에서는 서로 경쟁하는 것처럼 보인다. 모여 있는 나무들 가운데 한 그루가 유독 다홍색으로 빛나면 그 강렬한 색 때문에 멀리서도 눈에 띈다. 키 큰 홍단풍이 한창인 습지가 단연 가장 찬란하게 빛난다. 내가 사는 곳에서는 이런 나무를 얼마든지 볼 수 있다. 단풍나무는 색과 모양이 제각각이다. 노란색 단풍이 대부분이지만 진홍색으로 짙어져 가는 다홍색과 보통 나무보다 유난히 빨간 단풍나무도 보인다. 400미터쯤 떨어진 곳에 있는 소나무 언덕의 습지를 보라. 단풍나무와 소나무가 섞여 있는 습지에서는 나뭇잎의 결함은 보이지 않고 사방이 찬란하게 빛날 것이다. 특히 초록색과 대조를 이루며 노란색, 다홍색, 진홍색 불꽃이 어우러져 일렁일 것이다. 단풍나무 중에는 아직 초록색이면서 끝만 헤이즐넛 가시처럼 조금 노란색이나 진홍색으로 물든 것도 있다. 전체가 다홍색으로 물든 나무들은 입맥처럼 양옆으로 멋지게 규칙적으로 뻗어 나가며 찬란하게 빛난다. 불규칙한 모양의 나무는 고개를 약간 기울여 땅을 조금 가리거나 나무둥치까지 가려서 노란색과 다홍색 구름이 끝없이 층층이 쌓여 있거나 아니면 꽃다발 위에 꽃다발이 쌓여 있는 모습으로 보인다. 바람이 불면 눈보라가 소용돌이치며 대기를 휩쓸고 내려오는 것처럼 보인다. 이 계절에는 습지가 더욱더 아름답고, 다른 나무는 없는데도 하나의 색이 아니라 다양한 색과 색조가 뒤섞여 있는 것처럼 보이며, 층층이 쌓인 나무 꼭대기는 뚜렷하게 초승달 모양이다. 그러나 어떤 화가가 그려도 이렇게 400미터 밖에서도 잘 보이게 그리지는 못할 것이다.

화창한 오늘 오후에 나는 곧바로 초원을 가로질러 나지막한 언덕으로 간다. 해가 떠 있는 쪽으로 250미터쯤 걷다 보면 빛나는 황갈색 언덕 가장자리에 단풍으로 뒤덮인 습지가 나타난다. 아주 진한 다홍색과 주홍색, 노란색 잎이 깊이 3미터, 길이 100미터의 띠를 이루고 빛난다. 이 잎들은 어떤 꽃이나 과일이나 그림 못지않게 빛난다. 또렷하게 전경을 이루는 언덕을 따라 계속 내려가다 보면, 다시 말해 액자 틀을 낮추다 보면, 차츰 빛나는 숲이 드러나는데, 나무로 둘러싸인 골짜기가 온통 붉은색임을 암시한다. 마을의 장로나 신앙심 깊은 신자들이 이 단풍나무의 진한 색과 흘러넘치는 활기가 무엇을 뜻하는지, 짓궂은 장난이나 치지 않을까 궁금해 감시하러 나오지 않을지 모르겠다. 단풍나무가 다홍색으로 타오를 때 청교도들은 무엇을 할지 궁금하다. 그들이 단풍나무 숲에서 예배를 드렸을 리는 없다. 아마 바로 그런 이유로 예배당 주위에 마구간을 짓는 것이리라.

## 느릅나무

이제 10월 1일이 지나면 길 위에 늘어선 느릅나무가 절정에 이른 가을의 아름다움을 보여 준다. 그것은 9월의 오븐에서 막 꺼낸 따끈한 갈색빛이 도는 노르스름한 커다란 빵처럼 보인다. 느릅나무 잎은 완전히 여물었다. 그 나무 아래 사는 사람들의 삶 역시 그만큼 성숙해졌을까 궁금해진다. 느릅나무가 늘어선 길을 내려다보면 형태나 색채 모두 노란 밀짚 단처럼 보인다. 마치 수확해야 할 밀이 스스로 마을로 내려온 것 같다. 그래서 마침내 마을 사람들마저 성숙하고 멋진 생각을 할 것 같다. 지나가는 사람들의 머리 위로 우수수 떨어지는 밝은 노란색 나뭇잎 아래서 어떻게 거칠고 유치한 생각이나 행동을 할 수 있겠는가? 대여섯 그루의 커다란 느릅나무가 지붕처럼 드리운 곳에 서 있으면 마치 내가 호박 속에 있는 느낌이 든다. 물론 그 호박 속에는 어느 정도 씨도 있고 섬유질도 있다. 일찌감치 황금색으로 번쩍이는 미국느릅나무와 비교하면 늦가을까지 덜 익은 오이처럼 초록색을 띠는 영국느릅나무는 너무나 초라하다.

길거리는 거대한 추수 축제장이 된다. 쭉 늘어선 느릅나무는 가을이 왔다고 알려 준다는 것만으로도 가치 있다. 이런 거대한 노란 차양막이나 양산이 집과 머리 위에 몇 킬로미터씩 펼쳐져 있는 광경을 상상해 보라. 나무가 빽빽하게 들어선 마을 전체가 하나의 묘목장, 사람을 키우는 묘목장이다. 그러고 나서 아무도 모르게 아주 살며시 나뭇잎을 떨어트려 필요한 햇빛이 들어올 수 있도록 한다.

지붕 위나 길에 나뭇잎이 떨어질 때는 아무 소리도 나지 않는다. 이런 식으로 마을을 덮고 있던 양산이 접혀 사라진다! 어떤 상인이 마차를 몰고 와 곡물을 싣고 우거진 느릅나무를 지나 커다란 곡물 창고나 헛간으로 사라지는 모습이 보인다. 나도 그리로 가서 사상(思想)의 껍질을 벗기기만 하면 된다. 이제 완전히 익고 건조해진 사상은 언제든 껍질을 벗기기만 하면 된다. 하지만 아! 그건 주로 껍질밖에 없는 보잘것없는 사상일 것이다. 여물에나 쓸 만한 말라비틀어진 돼지 사료 옥수수 정도일 것이다. 뿌린 대로 거두기 마련이다.

## 낙엽

서리나 비가 내린 후 10월 6일쯤 되면 나뭇잎들이 계속 무더기로 떨어지기 시작한다. 그러나 보통 16일쯤 되어야 낙엽이 우수수 떨어진다. 그 무렵에는 아침에 된서리가 내리고 펌프 아래 얼음이 깔린다. 그리고 바람이 불면 나뭇잎이 무더기로 우수수 떨어진다. 혹은 대기가 온화하고 바람 한 점 없어도 갑자기 낙엽이 떨어지고, 땅 위에 두꺼운 침대, 아니, 카펫이 깔린다. 이 카펫의 크기나 모양은 정확히 나무 모양과 같다. 히커리나무처럼 작은 나무는 순식간에 나뭇잎을 떨구는데, 명령이 떨어지자마자 무기를 땅에 내려놓는 군인처럼 보인다. 히커리 잎은 시들어도 아직 밝은 노란색이어서 땅에 떨어져 깔리면 활활 타는 노란빛이 반사된다. 맨 처음 히커리나무를 향해 가을이 지팡이를 휘두르면 사방에서 빗소리를 내며 낙엽이 진다.

혹은 눅눅한 날씨가 이어지다가 비가 오면 밤사이에 나뭇잎이 엄청나게 떨어진다. 거리에는 설탕단풍 잎만 남겨 두고 전리품이 두툼하게 쌓인다. 그리고 느릅나무 낙엽이 쌓여 진한 갈색 길이 생긴다. 한동안 서리나 비가 내리지 않아도 인디언 서머가 지나가면 예사롭지 않은 더위에 낙엽이 떨어진다. 이 심한 더위로 인해 나뭇잎이 갑자기 익어 시든다. 심하게 더우면 복숭아나 다른 과일이 농익어 떨어지는 것과 같은 이치다.

아직도 빛나는 붉은 단풍잎이 여기저기에 흩어져 있다. 노란색 바탕의 땅에 진홍색이 점점이 박혀 있는 모습은 종종 야생 사과처럼 보인다. 땅 위에 밝은색 낙엽이 깔려 있는 것도 하루 이틀뿐이고 비가 오면 모두 사라져 버린다. 길을 걷다 보면 나무들이 빛나는 옷을 모두 벗은 채 여기저기 연기처럼 서 있다. 그러나 한쪽에는 거의 가장 밝다고 할 수 있는 단풍잎이 깔려 있다. 나무에 매달려 있을 때와 거의 같은 모양으로 영원히 변치 않는 색 있는 그림자처럼 쌓여 있다. 그리고 마치 우리에게 자기가 어느 나무에서 떨어졌는지 찾아보라고 하는 것 같다. 이 씩씩한 나무가 진흙 위에 화사한 외투를 깔아 놓은 곳은 여왕님이라도 자랑스럽게 밟고 갈 만하다. 마차는 낙엽이 그림자나 거울에 비친 모습이라도 되는 듯 무심히 지나간다. 그리고 마부는 꼭 그림자를 무시하듯이 낙엽을 무시하며 그 위를 지나간다.

허클베리 관목이나 나무 옆 새 둥지에는 이미 시든 잎이 수북이 쌓여 있다. 숲에 낙엽이 너무 많이 쌓인 나머지 다람쥐가 숲에서 떨어지는 밤을 향해 달려갈 때마다 소리가 난다. 소년들은 그저 바삭거리는 소리가 좋아서 길에서 낙엽을 긁어 모은다. 어떤 소년들은 길의 낙엽을 모조리 긁어모으지만 바람이 불면 곧 새로운 전리품이 쏟아져 내린다. 습지 바닥에 낙엽이 두껍게 쌓이면 한가운데 있는 다양한 이끼가 더 진한 초록색으로 보인다. 나무가 빽빽한 숲에 가 보면 나뭇잎이 15~20미터 길이의 물웅덩이를 반쯤 덮고 있다. 언젠가는 잘 아는 샘을 찾을 수 없어 샘이 말라 버린 줄 알았는데, 실은 막 떨어진 낙엽으로 샘이 완전히 가려져 있었다. 나뭇잎을 한쪽으로 쓸어 내 샘이 다시 나타나자 아론의 지팡이[66]로 땅을 쳐 새로운 샘이 솟아난 것 같았다. 늪가의 축축한 땅이 낙엽으로 뒤덮여 마른 땅처럼 보이기도 한다. 울타리 너머 늪지를 둘러보다가 낙엽 깔린 늪가에 발을 디딘 순간 30센티미터 이상 발이 빠진 적도 있다.

낙엽이 거의 다 진 16일 이후 강에 가 보면 수양버들 아래 묶어 둔 내 배는 바닥이고 의자고 온통 수양버들 잎으로 뒤덮여 있다. 발아래 바스락대는 낙엽을 그대로 실은 채 노를 저어 간다. 낙엽을 다 쓸어 내도 내일이면 다시 수양버들 잎이 수북이 쌓일 것이다. 낙엽을 쓸어 내야 할 쓰레기가 아닌 배 바닥에 깔기에 적합한 짚이나 매트려니 한다. 바다로 흘러가는 아사벳강 입구로 가자 나무가 우거지고 대규모의 나뭇잎 함대가 늪지 표면을 뒤덮은 채 떠다니고 있다. 겨우 배가 방향을 바꿀 수 있는 정도의 공간만 남아 있다. 그러나 조금 더 거슬러 올라가 강가로 가자 오리나무, 버튼부시, 단풍나무 아래서 폭 5미터 정도의 강을 아직 가볍고 마른 낙엽이 거품보다 더 두껍게 뒤덮고 있어 물이 전혀 보이지 않는다. 그리고 암석에 부딪혀 물이 굽이치는 곳에는 아침 바람에 밀려온 나뭇잎이 뭉쳐 있는데, 그쪽으로 뱃머리를 돌리자 나뭇잎에 물결이 닿아 기분 좋은 마른 낙엽 소리가 난다. 가끔씩 물결이 칠 때만 낙엽 아래 있는 물이 드러나기도 한다. 늪가에서 거북이가 움직이기만 해도 나뭇잎이 바스락거리기 때문에 늘 거북이의 위치를 알 수 있다. 늪 가운데로 바람이 불기 시작해도 부스럭

66 아론은 모세의 형으로서 이스라엘 백성이 애굽에서 탈출할 때 모세와 함께 민중을 이끌었다. 아론의 지팡이는 애굽의 바로왕 앞에서 기적을 행했다.

대는 소리가 들린다. 강 위쪽의 '리닝 헴록스'[67]처럼 소용돌이가 생긴 데서는 낙엽이 천천히 빙글빙글 돈다. 이런 곳은 수심이 깊고 강둑 안까지 물결이 친다.

그런 날 오후 완벽하게 잔잔한 물에 그림자만 가득 차면 천천히 노를 저어 아사벳강을 지나 조용하고 작은 만에 이른다. 거기서 아주 뜻밖에도 동료 여행자처럼 나를 에워싸는 수많은 나뭇잎을 마주친다. 이 나뭇잎도 나와 같은 목적으로, 아니, 나처럼 아무 목적 없이 이리로 흘러온 것 같다. 여기저기 흩어져 있는 이 거대한 나뭇잎 배 함대를 보라. 완만한 강의 만에서 이 함대 사이로 배를 저어 가면 끝이 말려든 바싹 마른 잎이 각양각색의 가죽배처럼 보인다. 이 배의 잎맥은 단단한 가문비나무로 된 갑판처럼 보인다. 아마도 이 중에는 카론[68]의 배도 있을 것이다. 어떤 배들은 이물과 고물을 높이 세우고 물결이 잔잔한 곳에서 거의 움직이지 않고 위풍당당하게 서 있는데 그 모습이 고대의 배들처럼 보인다. 이 거대한 함대는 밀집한 배들로 이루어진 중국 어느 도시처럼 보이기도 한다. 그 도시의 거대한 상가에 들어서면 뉴욕에 왔는지 광둥에 왔는지 혼동될 정도일 것같다. 우리는 함께 그곳으로 다가간다. 나뭇잎 배 하나하나가 얼마나 부드럽게 물 위에 떠 있는지! 나는 두근거리는 마음으로 이 배들을 바라볼 뿐 이것들을 난폭하게 몰아내지는 않았다. 종종 다양한 색의 오리, 특히 멋진 원앙새가 찾아와 물든 낙엽 사이를 항해한다. 이 새들은 더욱더 고상한 배 모형으로 보인다!

67 아사벳강의 둑을 독미나리(hemlocks)가 뒤덮고 있어서 이렇게 부른다.

68 스틱스강의 나루지기.

이 늪에서는 정말 건강에 좋은 허브티를 마실 수 있다! 썩어 가는 낙엽은 약효가 강하면서도 향기로운 차이다! 갓 마른 허브와 낙엽 위로 비가 내린다. 이처럼 깨끗하고 단아하게 빗물이 떨어져 도랑이나 웅덩이를 채우면 허브와 낙엽은 곧 차로 변할 것이다. 녹차, 홍차, 갈색 차, 노란색 차 등 온갖 진한 차와 연한 차가 생겨 자연 속으로 소문이 퍼져 나갈 것이다. 아직 효험을 모르지만, 우리가 마시든 안 마시든 상관없이, 자연이라는 가마솥에서 덖은 이 나뭇잎 차는 저 유명한 동양의 차 못지않게 섬세하고 순수하며 다양한 색을 띠고 있다.

떡갈나무와 단풍나무와 밤나무와 자작나무 등 온갖 종류의 나뭇잎이 얼마나 잘 섞여 있는가! 하지만 자연은 부산스럽게 굴지 않는다. 자연은 완벽한 살림꾼이어서 나뭇잎을 모두 차곡차곡 저장한다. 지상에서 매년 얼마나 다양한 곡물을 베어 내는지 생각해 보라! 곡물이나 씨앗보다 나뭇잎이 연중 가장 큰 수확이다. 나무는 이제 대지에게 꾼 돈에 이자를 붙여 후하게 돌려준다. 낙엽이 진 땅의 흙은 나뭇잎 하나만큼 더 두꺼워진다. 내가 유황 비료와 운임을 두고 이런저런 사람과 흥정을 하는 동안 자연은 이렇게 아름다운 거름을 만들고 있다. 이 거름이야말로 나뭇잎이 썩은 것이라 더 기름지다. 나는 영국 잔디나 곡물보다 이 나뭇잎에 더 관심이 있다. 이것은 땅을 기름지게 해서 미래의 밭이나 숲의 기반이 된다. 우리 집 농토가 기름진 것은 다 이 거름 덕분이다.

다양한 아름다움을 기준으로 하면 낙엽은 어떤 곡물보다 빼어나게 아름답다. 곡물은 모두 누런색이지만, 낙엽은 우리가 아는 거의 모든 색을 띤다. 심지어 밝은 파란색을 띤 낙엽까지 있다. 일찍 물드는 단풍나무, 다홍색으로 죄를 태우는 옻

나무, 뽕나무, 진한 크롬 황색의 포플러 낙엽, 찬란한 빨간색의 허클베리 잎으로 뒤덮인 산등성이는 염색한 양의 등처럼 보인다. 서리가 스치고 지나가면 새벽바람이 살짝 불거나 지축이 조금만 흔들려도 나뭇잎이 우수수 떨어진다! 그 잎들로 땅은 총천연색이 된다. 그러나 낙엽은 여전히 땅속에서도 살아 있고, 땅을 더 기름지고 풍성하게 한다. 숲의 원천이기도 한 낙엽은 다시 일어서기 위해, 다음 해에 더 높이 올라가기 위해 몸을 숙일 뿐이다. 섬세한 화학 작용으로 수액을 타고 올라가 어린 나무에 영양을 공급해 첫 열매를 맺게 하며 결국 나무 꼭대기까지 장식할 것이다. 몇 년만 지나면 어린 나무가 숲의 왕이 될 것이다.

이렇게 갓 떨어진 낙엽이 쌓인 곳을 걸으면 바스락거리며 사각대는 소리가 나서 기분이 좋아진다. 낙엽은 얼마나 아름답게 무덤으로 가는가! 얼마나 부드럽게 쌓여 스스로 무덤이 되는가! 수천 가지 색을 칠해서 산 자인 우리가 눕기에 적당한 무덤을 만든다. 그렇게 낙엽은 마지막 안식처로 가볍고 경쾌하게 모여든다. 낙엽은 부랑자처럼 굴지는 않지만 잽싸게 땅 위를 움직이면서 머물 곳을 선택한 다음 온 숲에 대고 자신의 소유지임을 알린다. 철제 울타리를 주문할 필요도 없다. 어떤 잎들은 인간의 시체가 묻혀 있는 곳을 택해 중간쯤에서 그 시체를 만나기도 한다. 고요하게 무덤에서 쉴 때까지 낙엽은 얼마나 많은 날갯짓을 했는가! 하늘 높이 솟은 낙엽은 얼마나 행복해하며 다시 땅으로 내려오는가! 나무 밑동 아래 쌓인 다음 얼마나 행복해하며 모든 것을 포기한 채 썩어 가는가! 그리고 그렇게 높이 날아오를 뿐 아니라 땅으로 내려와 다음 세대에게 영양을 공급한다. 낙엽은 우리에게 죽는 법을 가르쳐 준다. 불멸에 대한 믿음을 그다지도 자랑하는 인간들에게 낙엽처럼 우아하고 성숙하게 죽을 날이 올까? 인디언 서머처럼 평온하게, 손톱과 머리카락을 깎듯이 육신이 떨어져 나갈 날이 올까?

낙엽이 떨어지면 대지가 공동묘지가 되지만 걷기에는 상쾌하다. 나는 여기저기 걸어 다니며 낙엽 무덤에 대해 생각하는 게 좋다. 여기에는 거짓된 묘비명도 허세에 찬 묘비명도 없다. 마운트 오번 공동묘지[69]에 내 무덤이 없은들 어떠랴? 분명히 예전부터 신성하게 가꾸어진 이 광대한 공동묘지 어딘가에 그대의 묘지가 있을 것이다. 무덤 하나를 얻기 위해 경매를 할 필요는 없다. 여기에는 공간이 충분하다. 그대의 뼈 위에서 좁쌀풀이 피어나고 허클베리 새가 노래할 것이다. 벌목꾼과 사냥꾼이 묘지 관리인이 될 것이며 아이들이 묘지 가장자리를 힘껏 밟아 줄 것이다. 낙엽 무덤에서 걷자. 이곳이야말로 진정한 그린우드 공동묘지[70]다.

## 설탕단풍

그러나 이것으로 한 해의 광채가 끝난 건 아니다. 나뭇잎 하나가 초록색을 띤다고 당장 여름이 오지 않듯이 낙엽 하나가 진다고 당장 가을이 오지도 않는다. 우리 동네 길의 가장 작은 설탕단풍도 10월 5일이면 그곳에 있는 어떤 나무보다

69 매사추세츠주 케임브리지 근처의 공동묘지.

70 뉴욕 브루클린에 있는 유명한 공동묘지.

더 멋진 장관을 이룬다. 중앙로를 바라보면 설탕단풍이 집에 쳐 놓은 채색 스크린처럼 보인다. 하지만 아직도 푸른 나무가 많다. 그러나 이제 10월 17일까지 홍단풍이 거의 다 지고 백단풍이 조금씩 떨어질 때 키 큰 설탕단풍만 찬란하게 빛난다. 잎들은 노란색과 빨간색으로 타오르고 예상치 못한 밝고 섬세한 색을 자랑한다. 설탕단풍은 종종 반은 진한 빨간색으로 물들고 나머지 반은 그대로 초록색으로 남아 대비를 이룬다. 설탕단풍은 이제 거리에서 가장 찬란한 나무다.

우리 동네 중앙 공원에 있는 키 큰 설탕단풍나무가 특히 더 아름답다. 지금은 군데군데 다홍색으로 물들어 있고 황금빛보다 더 따스한 미묘한 색이 지배적이다. 하지만 해 지기 직전 공원 동쪽에 서 있는 나무들을 바라보면 서쪽 하늘에서 햇빛이 비쳐 설탕단풍의 노란색조차 근처 느릅나무의 연한 레몬색과 대조를 이루어 거의 다홍색으로 보인다. 밝은 다홍색 부분을 제외해도 그렇다. 전체적으로 보면 노란색과 다홍색이 섞인 빛깔의 큰 타원형을 이룬다. 인디언 서머의 뜨거운 햇살이 설탕단풍의 잎 속에 스며든 것 같다. 가장 아래 나무 줄기의 안쪽에 붙어 있는 잎들은 늘 그렇듯이 가장 섬세한 노란색과 초록색을 띤다. 집 안에서만 자란 젊은이의 안색처럼 보인다. 오늘 중앙 공원에서 경매가 있지만 붉은 깃발과 타오르는 단풍 색이 구분되지 않는다.

이 마을을 처음 세운 사람들이 먼 시골에서 막대기 같은 설탕단풍의 줄기를 가져왔을 때 이렇게 찬란한 성공을 거두리라고는 예상치 못했을 것이다. 그리고 내 기억으로는 그 나무를 심은 다음 이웃 상인의 조수가 장난으로 주위에 콩을 심었다. 당시에는 농담으로 설탕단풍을 콩막대기라고 불렀는데, 이제 와서는 동네 길에서 가장 아름다운 나무가 되었다. 이 나무는 어떤 희생을 치르더라도 간직할 만하다. 물론 시 행정 위원 중 한 사람이 이 나무를 심다가 감기에 걸려 죽기는 했다. 수백 년 동안 10월이면 아이들이 진한 색을 듬뿍 받을 수 있는 것만으로도 그 희생은 값지다. 가을에 이렇게 예쁜 광경을 보여 주는 한, 봄에 여기서 설탕을 추출하지 않아도 될 것이다. 집안의 부는 극소수에게만 상속되지만 중앙 공원에서는 누구나 공평하게 부를 상속받는다. 모든 어린아이가 똑같이 이런 황금빛 축제를 즐길 수 있다.

나무를 심을 때는 10월에 어떤 찬란한 빛이 보일지 염두에 두어야 한다. 식목협회에서 이 점을 생각해 본 적이 있는지 모르겠다. 단풍나무 밑에서 아이들이 자라면 아주 교육적일 것이라는 생각을 한 적이 없는가? 수백 명의 아이들의 눈이 계속 이 색을 흡수할 테고 무단결석하는 학생조차 밖으로 나가는 순간 선생님께 붙잡혀 교육을 받을 것이다. 부지런한 학생이든 무단결석하는 학생이든 정말이지 학교에서는 색채 교육을 받지 않는다. 그들이 학교에서 배우는 색깔이라고는 도시의 진열장과 약국의 밝은색이다. 우리 동네 거리에는 홍단풍과 호두나무가 더 많이 있어야 한다. 우리의 물감 든 상자에는 빠진 색이 많다. 지금 그런 물감 상자 대신 아니면 거기에 더해 이런 자연색 물감 상자를 주어야 한다. 색채 공부를 이보다 더 잘할 수 있는 곳이 어디 있겠는가? 어떤 디자인 학교인들 이곳과 경쟁이 되겠는가? 이런 가을 색채 교육을 받아 얼마나 많은 화가나 종이 제조업자, 직물 제조업자, 종이 염색인, 또 다른 직업인이 나올지 생각해 보라. 문방구에 가면 다양한 색의 봉투가 있지만 나무 한 그루의 나뭇잎 색보다는 다양하지 않다. 명암이나 농담이 다른 특정한 색을 원하면 나무의 안쪽과 바깥쪽을 보면 된다. 아니면 숲을 밖이나 숲속에서 보면 된다. 이 나뭇잎들은 많은 잎을 염색 공장에서처럼 한 가지 염료에 담근 게 아니라 무한하게 다양한 빛에 담가 염색한 후 거기에 널어 건조시킨 것이다.

우리가 아는 색 이름을 반드시 우리가 잘 모르는 외국 지역에서 따와야 할까? 나폴리 노랑, 프러시안 파랑, 생(生) 시에나, 번트 엄버, 갬보지[71] 등 말이다.(티리언 퍼플은 요즘 확실히 사라진 것 같다.) 아니면 색 이름을 자질구레한 상품 이름에서 따와야 할까? 초콜릿, 레몬, 커피, 계피, 적포도주 등 말이다.(호두나무를 레몬에 비교해야 하나 아니면 레몬을 호두나무에 비교해야 하나?) 색 이름을 거의 본 적도 없는 광석이나 산화물에서 따와야 할까? 이웃에게 우리가 본 어떤 것의 색을 묘사할 때 이웃에서 흔히 보는 자연의 색이 아니라 지구의 반대편에서 가져온 암석의 색을 말해야 하나? 그런 것은 약국에 있을지는 몰라도 설명을 하는 우리나 설명을 듣는 사람이나 둘 다 본 적이 없을 것이다. 우리 발아래 땅이 있고 머리 위에는 하늘이 있지 않은가? 그런데도 하늘이 모두 진한 바다색인가?

우리가 사파이어, 자수정, 에메랄드, 루비, 호박 등에 대해 무엇을 아는가? 우리 중 대다수에게는 이런 이름을 대 봐야 쓸데없는 짓이 아닐까? 이런 귀한 이름일랑 금고지기, 거장, 시녀, 대부호, 부인, 힌두의 카스트에 맡기자. 왜 미국과 미국의 가을 숲을 발견한 후 보석 이름으로 나뭇잎 색을 정하는지 모르겠다. 정말이지 시간이 흐르면 틀림없이 이 나라 꽃은 물

71 자황.

론이거니와 나무와 관목 이름이 색채명에 들어갈 것이다.

하지만 이름에 대한 지식과 색채의 구분보다 훨씬 중요한 것이 있다. 물든 나뭇잎에서 얻는 기쁨과 환희다. 거리에 늘어선 이 빛나는 나무들 말고 볼거리가 더 이상 없게 되어도 여전히 축제다. 최소한 일 년에 한 번 돌아오는 축제일이나 휴일 혹은 축제 주간과 맞먹는다. 위원회나 시장의 도움 없이 모두가 참여해서 즐기는 검소하고 순수한 축제 말이다. 이 축제는 도박꾼이나 술장수를 끌어들일 필요도 없고 치안 유지를 위해 경찰이 출동할 필요도 없이 안전하게 진행될 것이다. 10월의 뉴잉글랜드 거리에 단풍나무가 없다면 정말 초라한 광경이 될 것이다. 이 10월 축제를 위해서는 분장을 할 필요도, 종을 울릴 필요도 없다. 하지만 수많은 나무 하나하나가 빛나는 깃발을 휘날리는 살아 있는 자유의 기둥[72]이다.

우리가 매년 소 품평회, 가을 훈련, 9월에 열리는 콘월리스 축제 등을 개최하는 건 놀라운 일이 아니다. 자연 자신도 매년 10월이면 길거리뿐 아니라 계곡이나 언덕마다 장터를 벌인다. 최근에 습지에 갔을 때 홍단풍이 가장 눈부신 색의 옷을 입고 불타오르고 있었다. 수많은 집시, 야성적 즐거움을 누릴 수 있는 종족이 나무 아래 있다는 암시가 아니었을까? 우화 속의 사슴들, 반인반수, 숲의 요정이 지상으로 돌아왔다는 암시가 아닐까? 아니면 지친 벌목꾼이나 땅을 둘러보러온 땅 주인이 모여 있을 뿐이었을까? 아니면 좀 더 이른 시기에, 우리가 부드러운 9월 공기를 헤치고 배를 저어 갈 때 빛나는 강 표면 아래서 뭔가 새로운 일이 일어나고 있지 않았던가? 적

72 미국 독립 전쟁 때 자유의 깃발을 걸었던 기둥.

어도 습지가 흔들리기라도 하지 않았던가? 그래서 우리가 시간에 맞춰 구경하기 위해 서둘렀던가? 강 양쪽에 늘어서 있는 노르스름한 버드나무와 버튼부시가 일렬로 서 있는 칸막이고, 그 안에서 노란 물새알이 튀어나오는 것 같지 않았던가? 이 모든 것이, 인간의 정신이 자연의 정신만큼 고양되어 일상적인 삶을 멈추고 솟구치는 환희를 깃발을 내걸어 표현해야 한다는 암시가 아니었던가?

매년 군인을 소집해서 훈련하는 일이나 깃발이 날리고 견장이 빛나는 축하 행사도 10월 자연의 찬란한 광경에 비하면 아무것도 아닐뿐더러 마을에도 자연의 100분의 1도 기여하지 못할 것이다. 나무를 심고 세워 두기만 하면 자연이 알아서 색색의 천으로, 어떤 식물학자도 알 수 없는 온갖 나라의 국기로 치장을 할 것이고, 우리는 느릅나무 개선문 아래로 걸어가기만 하면 된다. 어느 날 축제를 열지, 이웃 주와 같은 날에 열지, 아니면 다른 날에 열지는 자연이 알아서 정하니 그냥 내버려 두자. 그리고 이걸 이해할 수 있는 목사님이 만일 계시다면 자연의 선언을 읽으시게 하자. 자연이 쳐 놓은 미국담쟁이덩굴 커튼은 얼마나 화려한가! 어떤 공공 정신이 뛰어난 상인이 이 전시에 공헌했다고 생각하는가? 지금 집을 온통 뒤덮고 있는 이 미국담쟁이덩굴만큼 멋진 기와 색이나 페인트 색은 없다. 늘 초록색을 띠는 아이비는 미국담쟁이덩굴과 상대가 안 된다. 런던이 아이비에 뒤덮여 있는 것은 이상할 게 없다. 단풍나무, 호두나무, 진홍참나무를 아주 많이 심자. 활활 타올라라! 총기 상점에 있는 더러운 총기를 싸는 천의 색이 이 동네의 유일한 색이 되어야 할까? 계절의 변화를 알려 주는 나무가 없다면 이 동네는 불완전하다. 나무는 마을 시계처럼 중요하다. 나무가 없으면 동네가 잘 돌아가지 않을 것이다. 그런 동네는 나사가 풀려 있고 꼭 필요한 중요 부품이 빠져 있다. 봄에는 버드나무를, 여름에는 느릅나무를, 가을에는 단풍나무와 호두나무와 층층나무를, 겨울에는 상록수를, 사계절 내내 참나무를 보아야 한다. 상인들이 원하든 원하지 않든 매일 지나다니는 거리의 화랑과 비교하면 실내 화랑은 아무것도 아니다. 물론 우리 마을 중앙로의 느릅나무 아래서 보는 서쪽 하늘의 석양에 견줄 만한 화랑은 이 나라 어디서도 찾아볼 수 없다. 석양은 매일 그려지는 그림 뒤에 있는 액자이다. 길이가 5킬로미터나 되는 주목 가로수 길은 어딘가 멋진 곳을 향해 가는 것 같다. 물론 그 끝에는 C—가 있을 뿐이긴 하지만.

우리 동네에는 우울과 미신을 물리치기 위해서 이렇게 순수하고 밝고 활기 찬 풍경의 자극이 필요하다. 두 동네를 비교해 보자. 한 동네는 나무로 둘러싸여 10월의 빛으로 타오르는데, 다른 동네엔 자질구레한 쓰레기만 있을 뿐 나무는 거의 없고 자살용으로 쓰이는 나무만 한두 그루 있다고 하자. 이렇게 나무가 없는 동네에는 분명히 가장 편협하고 황폐한 종교인이나 가장 심한 알코올 중독자가 있을 것이다. 그런 동네서는 개수대나 우유통이나 묘비가 있는 그대로 드러날 것이다. 마치 사막에 사는 아랍인들이 돌 뒤에 숨는 것처럼 주민들은 갑자기 집 뒤나 헛간 뒤로 사라질 것이다. 그들이 손에 창을 들고 있는지 유심히 살펴봐야 할 것이다. 그들은 가장 황량하고 쓸쓸한 교리를 기꺼이 받아들일 것이다. 예컨대 곧 세상에 종말이 온다든지, 이미 종말에 가까워졌다든지, 아니면 우리의 죄악이 모두 밖으로 드러났다든지 하는 말을 할 것이다. 그들은 아마 서로 부딪쳐 메마른 관절을 부러뜨린 후 영적 교류를 했다고 말할 것이다.

하지만 단풍나무 이야기만 하자. 나무를 심는 데 들이는 노력의 반만이라도 나무를 가꾸는 데 쏟으면 얼마나 좋겠는가? 달리아 줄기처럼 연약한 나무에 말을 매어 두는 멍청한 짓은 하지 말아야 한다.

우리 선조들이 교회 앞에 서 있는 이 생기 넘치는 완벽한 제도, 고칠 필요도 없고 새로 색칠할 필요도 없는 제도, 자라면서 계속 커지고 계속 고쳐지는 제도인 나무를 심을 때 왜 그렇게 했겠는가? 분명히 그들은,

진지한 슬픔에 잠겨
신으로부터 해방될 수 없었다.
그들은 아는 것보다 더 잘 나무를 심었다.
지혜의 나무는 아름답게 자랐다.

이 단풍나무는 무보수로 영원히 설교하는 설교자이다. 반 세기, 한 세기, 아니면 한 세기 반 동안 끊임없이, 수 세대에 걸쳐 많은 사람들에게 더 열정적이고 강력하게 설교를 해 왔다. 우리는 최소한 그들이 병약해질 때 적절한 동료를 제공해 주어야 한다.

## 진홍참나무

진홍참나무는 특히 잎이 아름다운 속(genus)에 속한다. 그 잎은 다른 어떤 참나무의 잎보다 더 풍성하고 야성미가 넘

친다. 내가 잘 아는 열두 가지 참나무와 다른 사람들이 그린 수많은 참나무 그림을 본 후 이렇게 판단했다.

이 나무 아래 서서 잎이 얼마나 날카롭게 하늘을 찌르는지 보라. 말하자면 잎 가운데서부터 뻗은 몇 개의 날카로운 모서리가 하늘을 가른다. 나뭇잎은 십자가가 두서너 개 겹쳐진 것 같다. 진홍참나무의 잎은 덜 뾰족한 보통 참나무 잎보다 훨씬 천국의 나뭇잎으로 보인다. 나뭇잎이 거의 없다시피 해서 빛에 녹아 버리는 것처럼 보이고 거의 투명해 보이기도 한다. 아주 어린 나무일 때는 다른 종의 다 자란 참나무 잎처럼 모양이 더 단순하고 뭉툭하다. 하지만 고목 꼭대기에 있는 잎들에서는 이런 문제가 해결된다. 점점 더 높이 올라갈수록 점점 더 숭고해진다. 매년 지상의 먼지를 털어 버리고 빛과 친해져서 마침내 지상의 물질은 최소한만 지니고 온몸으로 천국의 기운을 있는 대로 듬뿍 받아들인다. 나무 꼭대기의 잎들은 빛과 팔짱을 끼고 춤을 춘다. 뾰족한 나뭇잎의 환상적인 끝부분은 공기의 홀에서 빛과 적절하게 짝을 지어 화려한 춤을 춘다. 나뭇잎과 빛이 혼연일체가 되어 반짝이는 뾰족한 잎의 표면을 보면 나뭇잎과 빛이 구분되지 않는다. 그리고 미풍조차 불지 않을 때는 나뭇잎들이 숲으로 난 창문의 화려한 창틀로 보인다.

한 달이 지난 뒤 숲에 쌓인 나뭇잎들을 보면 깜짝 놀랄 정도로 아름답다. 내 발밑에 층층이 쌓인 나뭇잎은 위쪽은 갈색이지만 아래쪽은 보랏빛이다. 나뭇잎의 끝은 뾰족하고 거의 잎 중앙까지 깊게 움푹 파여 있어서 이런 모양을 만들려면 값싼 재료를 써야겠다는 생각이 든다. 비싼 재료를 쓰면 깎아 낼 부분이 많아서 엄청나게 비용이 많이 들 것 같다. 또는 오히려 나뭇잎이 틀로 나뭇잎을 찍어내고 남은 재료처럼 보인다. 사실 나뭇잎이 이렇게 쌓여 있는 모습을 보면 양철 조각 더미가 연상된다.

끝이 가시같이 날카롭고 긴 나뭇잎 하나를 집에 가져와 한가할 때 난롯가에서 자세히 살펴보라. 옥스퍼드체나 바스크체나 설명체는 아니다. 하지만 언젠가는 그대로 목각할만한 글씨체다. 얼마나 거칠고 기분 좋은 글씨체인가! 우아한 곡선과 각도가 적절하게 결합되어 있다. 잎을 보든 넓고 자유롭고 개방적으로 움푹 파인 부분을 보든 전부 즐겁다. 나뭇잎의 뾰족한 끝부분을 이어 보면 완벽한 타원형이 될 것이다. 하지만 대여섯 군데가 깊게 움푹 파인 잎 자체가 더 풍요롭다. 그것을 보고 있으면 깊은 사색에 빠져든다. 내가 그림 선생이라면 학생들에게 이런 잎을 그대로 그려 보라고 할 것이다. 학생들은 우아하고 정확하게 그리는 법을 배우게 될 것이다.

물에 비유한다면 진홍참나무 잎은 대여섯 개의 넓고 둥근 곳이 있는 연못 같다. 물이 흐르는 만은 좁은 강하구처럼 안쪽으로 깊이 들어가 있다. 만의 끝마다 가느다란 시내의 물이 흘러 들어온다. 또는 나뭇잎으로 된 다도해처럼 보이기도 한다. 디오니시우스[73]와 플리니우스가 모레아반도[74]를 버즘나무 잎에 비유했듯이 이 잎을 바라보면 바다에 있는 아주 야성적인 섬이 떠오른다. 부드럽게 물이 흐르는 만과 암석투성이의 날카로운 곳이 번갈아 나타나는 광활한 해안이 있고 사람이 살기에 적합한 그 섬은 마침내 문명의 중심지가 될 곳 같다. 선원이 보기에는 해안이 육지 쪽으로 깊숙이 들어간 섬이

73 Dionysius(기원전 430?~기원전 367?): 시라쿠사의 왕.

74 고대 펠로폰네소스반도.

다. 바람이 불면 파도가 심하게 치는 해안은 아닐까? 이 잎을 보면 바이킹이나 해적이나 폭도는 아니어도 우리 모두 선원이 된다. 휴식을 원하든 모험을 원하든 모두에게 매력적인 해안이다. 슬쩍 보기만 해도 날카로운 곶을 돌아가는 데 성공하면 수없이 많은 만에서 안전하고 편안하게 닻을 내릴 수 있는 수심 깊은 정박소를 찾을 수 있을 것 같다. 갑이 둥근 모양이어서 등대도 필요 없는 백참나무 잎과는 얼마나 다른가! 그런 잎은 문명사가 길어 그 역사를 읽어야 하는 영국과 같다. 진홍참나무 잎은 아직도 사람들이 살지 않는 새로 발견된 섬이나 셀레베스[75]다. 거기서 왕이나 되어 볼까?

10월 26일 되면 보통 다른 참나무는 시드는데 진홍참나무는 절정에 이른다. 지난 한 주 동안 불이 지펴지기 시작했다면 이제는 나무 전체에 불꽃이 활활 타오른다. 지금은 토착 낙엽수들 중 이것만(꽃산딸나무를 제외하고 말이다. 꽃산딸나무는 대여섯 그루밖에 없는 데다 큰 덤불에 지나지 않는다.) 의기양양하다. 사시나무와 설탕단풍은 비슷한 시기에 단풍이 들지만 사시나무 잎은 이미 대부분 져 버렸다. 상록수 중에서는 리기다소나무만 밝은색을 띠고 있다.

그러나 이즈음 뜻밖에 온 누리를 뒤덮은 진홍참나무의 광휘를 제대로 이해하려면 이 현상만 보지 않더라도 특별히 주의를 기울여야 한다. 작은 나무나 관목 이야기가 아니다. 그런 나무들이야 어디서나 볼 수 있고 이제는 시들어 버렸다. 내가 말하는 것은 커다란 나무이다. 사람들이 대부분 집 안으로 들어가서 문을 닫아 버리고 이제 황량한 무채색 11월이 왔다고

75 현재의 술라웨시섬. 인도네시아 공화국을 이루는 섬 중 하나다.

생각할 때, 사실은 가장 빛나고 기억에 남을 만한 색채가 나타나지도 않은 것이다.

12미터나 되는 이 단단하고 완벽한 나무는 광활한 초원에 서서 12일에는 진초록으로 반짝이다가 26일이 되면 완전히 진한 다홍색으로 빛난다. 당신과 태양 사이에 있는 나뭇잎 하나하나가 마치 다홍색 염료에 담갔다가 꺼낸 것 같다. 전체적으로 나무의 색이나 모양이 심장과 비슷하다. 이것을 기다릴 가치가 없단 말인가? 열흘 전만 해도 그 차가운 초록색 나무가 이런 색을 띠리라고는 아무도 생각하지 못했다. 옆에 서 있는 다른 나무들에서는 낙엽이 떨어지는데, 진홍참나무 잎은 아직도 나무에 꼭 붙어 있다. "나는 마지막으로 물든 잎이지만 어떤 잎보다 깊이 물들었다. 내 붉은 코트 뒤에 후방군이 있으니, 참나무 중 유일하게 아직도 붉은 진홍 군대여, 싸움을 포기하지 말자."

이 나무들에선 지금부터 11월까지 봄 단풍나무 못지않게 빠른 속도로 수액이 흐른다. 그리고 다른 참나무들은 대부분 시들었지만 이렇게 밝게 빛나는 것은 바로 이 수액 때문일 터다. 나무는 생명으로 가득 차 있다. 칼로 나무를 조금 베어 내면 상큼하지만 떫은 도토리와 비슷한 맛이 나거나 참나무통에서 숙성시킨 강한 와인 맛이 난다.

숲의 계곡을 따라가면 폭이 400미터쯤 되는 진홍참나무 군락이 나타난다. 풍성한 진홍참나무가 소나무에 둘러싸여 있어 빛나는 소나무 가지와 붉은 나뭇가지가 아주 멋지게 뒤엉켜 있다. 참나무는 붉은 꽃잎 같고 소나무 가지는 초록색 꽃받침 같아 더할 나위 없이 아름답다. 혹은 숲속을 걷다 보면 가장자리부터 햇빛이 속속들이 비쳐서 참나무가 붉은 텐트처럼 빛나고 양쪽 끝에 윤기 흐르는 초록색 소나무가 덧대어져 있는 장관이 나타나기도 한다. 정말이지 대조를 이루는 상록수가 없다면 가을의 색이 이렇게 아름답지는 않을 것이다.

진홍참나무는 늦은 10월의 맑은 하늘과 밝은 빛을 필요로 한다. 이런 색들과 어울려야 진홍색이 제대로 빛난다. 우리 동네의 남서쪽 절벽에 앉아 있으면 해가 기울면서 남쪽과 동쪽의, 링컨[76]에 있는 숲과 같은 높이에서 햇살이 비쳐 사방이 환해진다. 온 숲에 고르게 퍼져 있는 진홍참나무에서 믿을 수 없을 정도로 찬란한 붉은 빛이 뿜어져 나온다. 남쪽과 동쪽 지평선까지 늘어서 있는 진홍참나무는 이제 한 그루, 한 그루가 또렷하게 붉은색을 띤다. 키 큰 나무 몇 그루는 숲 위로 튀어나와 수없이 많은 얇은 꽃잎이 겹쳐진 거대한 장미처럼 보인다. 그리고 그보다 조금 더 작은 나무들이 지평선 근처 언덕의 스트로부스잣나무와 섞여 있다. 이 나무들은 숲 가장자리에 있는 스트로부스잣나무 옆에 나란히 늘어서 있다. 붉은 코트를 입고 나란히 서 있는 모습이 초록색 옷을 입은 사냥꾼 사이에 서 있는 붉은 제복을 입은 군인 같다. 이번에도 링컨 특유의 초록색이다. 해가 더 저물자 숲에 붉은 제복을 입은 군인이 믿을 수 없을 만큼 많이 나타난다. 그 진한 붉은색은 앞으로 다가서면 다가갈수록 흐려질 것이다. 멀리서 보면 나뭇잎 사이의 숨겨진 그늘이 안 보이지만 다가가면 그늘이 보이기 때문이다. 하지만 여기서 보면 나무 군인은 모두 붉은 제복을 입고 있다. 멀리 떨어진 이곳에서 보면 붉은색이 더 진해 보인다. 그런 나무 한 그루, 한 그루가 말하자면 응집된 붉은 핵이 되

76 보스턴과 콩코드 사이의 작은 도시.

고 해가 질수록 더 크게, 더 찬란하게 빛난다. 어떻게 보면 빌려 온 횃불이라고도 할 수 있다. 즉 태양의 힘을 끌어모아 그렇게 빛나는 모습을 보이는 것이다. 색이 좀 바랜 붉은 잎들을 모아 불쏘시개로 써서 강렬한 붉은색 횃불로 타는 것이다. 공기 자체가 이 횃불의 연료가 된다. 이 붉은색은 아주 생생하다. 이 계절 이 시간에는 장밋빛이 울타리에 반사된다. 그 어떤 나무보다 더 붉은 나무를 보게 된다.

진홍참나무를 세고 싶으면 지금 세어 보라. 맑은 날 해가 중천에 떴을 때 숲의 언덕 꼭대기에 서서 보면 서쪽을 제외한 방향의 나무 한 그루, 한 그루가 뚜렷하게 보일 것이다. 이때가 아니면 므두셀라[77]만큼 오래 살아도 이 나무들을 모두 볼 수 없을 것이다. 하지만 때로는 흐린 날에도 나무가 밝게 빛난다. 서쪽을 보면 눈이 부셔서 나무 색을 볼 수 없다. 하지만 다른 방향을 둘러보면 숲 전체가 정원이다. 불타는 장미와 초록색 나무가 번갈아 피어 있는 정원에서 '정원사들'은 아마도 꽃삽과 물뿌리개를 들고 나무 아래만 이리저리 걸어 다닐 것이다. 그들의 눈에는 마른 낙엽 사이에 있는 작은 과꽃만 보일 것이다.

나의 정원에서도 가장 늦게 피는 꽃은 과꽃일 것이다. 온 숲에 퍼져 있는 낙엽들이 나무 뿌리를 보호한다. 앞마당의 흙을 일굴 필요도 없이 그냥 보기만 해도 멋진 정원이 나타날 것이다. 조금만 눈을 들어 위를 보면 온 숲이 정원일 것이다. 숲의 꽃인 진홍참나무는 그 어떤 꽃보다 휘황찬란하다!(적어도 단풍나무 잎이 진 후에는.) 왠지 나는 단풍나무보다 진홍참나무

77 Methuselah: 성경 창세기에 나오는 969세까지 살았다는 전설의 인물.

가 더 좋다. 이 나무는 숲 전체에 고르게 퍼져 있으며, 아주 단단하고 전체적으로 고고한 느낌이다. 11월의 중심에 있는 꽃인 이 나무는 우리와 함께 겨울이 오길 기다리는데, 이 나무 덕분에 황량한 11월 초 풍경이 포근하다. 이 늦은 시기에 사방이 이렇게 진하고 강렬한 다홍색으로 타오르는 게 놀랍다. 이 나무는 한 해의 과일 중 가장 잘 익은 과일로 추운 오를레앙의 섬에서 나는 단단하고 반짝이는 붉은 사과 같다. 다음 해 봄까지 전혀 무르지 않는 사과 같다! 언덕 꼭대기에 올라가면 사방에 거대한 진홍참나무 장미가 지평선까지 늘어서 있다. 7~8킬로미터 떨어진 곳을 보아도 여전히 장미가 보여서 경탄을 금할 수 없다. 늦게 핀 이 숲의 꽃은 어떤 봄 꽃이나 여름 꽃보다 더 아름답다. 이 가을 꽃에 비하면 봄 꽃이나 여름 꽃은 띄엄띄엄 서 있는 작은 점에 불과하다.(보잘것없는 허브나 덤불 사이를 걷는 근시안에게나 보이는 꽃이다.) 멀리서 보면 이런 꽃들은 전혀 감동을 주지 않는다. 이제 내가 매일 지나가는 광활한 숲이나 산기슭에서 마구 꽃망울이 터진다. 이 꽃에 비하면 정원에서 가꾸는 꽃들은 너무 시시하다. 과꽃이나 몇 송이 가꾸는 정원사는 이런 큰 과꽃과 장미에 대해서는 전혀 모를 것이다. 이 거대한 꽃들은 정원사의 머리 위에 피어 있으며 돌보지 않아도 잘 자란다. 그것은 빨간 페인트를 접시에 담아서 해지는 하늘을 향해 들고 있는 것과 같다. 왜 '부패한' 작은 구석에 숨어 있지 말고 더 위로 올라가 더 넓게 보고 더 큰 정원 사이를 걷지 않는가?

좀 더 모험심을 갖고 걸어 다녀 보라. 언덕에 올라가 보라. 10월 말경 우리 동네나 당신 동네 주변에 있는 어느 언덕이든 올라가서 숲을 둘러보라. 자, 그러면 아마도 내가 묘사한 풍경을 보게 될 것이다. 준비만 되어 있으면 분명히 이 모든 풍경을, 아니, 그 이상을 보게 될 것이다. 이런 풍경은 아무 데서나 흔히 볼 수 있지만 준비가 되어 있지 않으면 평생 보지 못할 수도 있다. 언덕 위에 올라가거나 숲속의 빈터에 가서는 가을 숲에 시든 갈색 잎만 가득 차 있다고 생각할 것이다. 어떤 사물을 보지 못하는 것은 우리의 시야에 들어오지 않아서가 아니라 유심히 보지 않기 때문이다. 시력 없는 해파리처럼 눈 자체는 시력을 가지고 있지 않다. 우리는 자신이 얼마나 넓고 멀리 혹은 얼마나 근시안적으로 편협하게 보는지 모른다. 이런 이유 때문에 우리는 대부분의 자연 현상을 인식하지 못하고 지낸다. 정원사는 자기 정원만 본다. 여기서도 정치경제학에서와 마찬가지로 공급은 수요를 따른다. 자연은 돼지에게 진주를 던져 주지 않는다.

우리가 준비된 만큼 자연의 아름다움을 볼 수 있을 뿐이다. 그 이상은 조금도 보이지 않는다. 특정한 언덕 꼭대기에 사람들을 데려다 놓으면 보는 사람마다 서로 다른 각양각색의 사물을 본다. 어떤 의미에서 보면 숲에 있는 진홍참나무가 당신의 눈 속에 있다고 할 수 있다. 우리는 뭔가에 사로잡혀 곰곰이 생각할 때만 볼 수 있다. 그럴 때면 다른 것은 거의 보이지 않는다. 처음에는 어떤 사물에 대한 생각이나 이미지에 사로잡힌다. 그 식물이 우리 지역 것이 아니고 허드슨만[78]에나 가야 볼 수 있는 것이라도, 몇 주든 몇 달이든 계속 그 식물을 생각하고 만나길 무의식적으로 기대한다. 그러면 마침내 그 식물을 꼭 보게 된다. 나는 이런 과정을 거쳐 20여 종의 희귀

78 캐나다 북동부에 있는 만.

식물을 발견해 명명했다. 관심을 갖는 것만 우리 눈에 보인다. 풀잎 연구에 몰두한 식물학자는 광대한 초원에서 참나무를 보고도 구분하지 못한다. 산책을 하다가 참나무를 무심결에 짓밟아 버린다. 피와 벼는 비슷하지만 전혀 다른 식물이다. 서로 다른 식물을 알아보려면 의도를 가지고 살펴보아야 한다. 피를 찾을 때는 벼가 눈에 띄지 않는다. 다른 종류의 지식을 알려면 얼마나 더 다른 의도를 가지고 유심히 보아야겠는가! 시인과 자연 과학자가 사물을 보는 방식은 얼마나 다른가!

뉴잉글랜드의 선출직 도시 행정 위원을 데려와 우리 동네 제일 높은 언덕 위에 세운 다음 그가 본 것을(최대한 예리하게 보라고 하라. 본인에게 가장 잘 맞는 안경을 쓰고 원하면 망원경이라도 쓰라고 하라.) 보고하게 해 보자. 그는 무엇을 찾아낼까? 그는 무엇을 선택해서 볼까? 물론 그는 '브로켄' 환영[79]을 볼 것이다. 적어도 눈앞에 있는 예배당은 볼 것이다. 어쩌면 자기보다 임야를 더 많이 소유한 사람을 알아보고 자기보다 더 훌륭한 사람이라고 평가할 것이다. 이제 율리우스 카이사르나 에마누엘 스베덴보리[80]나 피지섬에 사는 사람을 데려와 그곳에 세워 보자. 아니면 이 사람들을 한꺼번에 데려와서 같은 광경에 대해 보고하라고 한 다음 보고서를 비교해 보자. 그들이 똑같은 광경을 보고 즐길까? 그들은 서로 다른 광경을 볼 것이다. 로마와 천국이나 지옥이 다른 것처럼, 혹은 지옥과 피지섬이 다른 것처럼 확연히 서로 다른 광경을 볼 것이다. 내가 아

79 산의 정상이나 능선에서 등 뒤로부터 해가 비칠 때 자신의 그림자가 전방의 안개나 구름에 비치는 기상 광학 현상.

80 Emanuel Swedenborg(1688~1772): 스웨덴의 신비주의자이자 자연 과학자.

는 한 우리 근처에도 늘 이 사람들만큼이나 서로 다른 것을 보는 사람이 있다.

자, 도요새나 누른도요 같은 시시한 사냥감을 맞히려고 해도 명사수가 되어야 한다. 특정한 목표를 정하고 그 목표를 정확하게 조준해야 한다. 도요새가 저기 날아간다는 소리에 하늘에 대고 아무렇게나 쏘아 대서는 맞힐 확률이 거의 없다. 아름다움을 맞힐 때도 마찬가지다. 사냥꾼이 계절과 새의 서식지와 새의 날개 색을 모른다면 해가 질 때까지 기다려도 한 마리도 잡지 못할 것이다. 그 새가 어디 있는지도 모르고 잡는 방법도 모른다면 한 걸음 옮길 때마다 마구 총을 쏘아 댈 것이다. 옥수수밭에서조차도 날개를 향해 두세 방씩 쏘아서 총알을 다 써 버릴 것이다. 사냥꾼은 스스로 훈련하고 옷을 갖추어 입고 지치지 않고 지켜본 후 장전한 다음 특정 사냥감을 겨냥해 쏜다. 그는 사냥의 성공을 기원하고 제물을 바친 후에야 마침내 사냥에 성공한다. 오랫동안 적절한 준비를 하고 눈과 손을 훈련하고 잘 때나 깨어 있을 때나 사냥을 꿈꾼 다음에야 마을 사람들은 본 적도 없고 잡을 엄두도 못 내는 야생 닭을 잡기 위해 총을 들고 노를 저어 간다. 역풍을 헤치고 몇 킬로미터나 노를 저어 간 다음 무릎까지 오는 물속을 걸어 다니며 하루 종일 굶은 채 야외에 있다가 마침내 사냥에 성공한다. 실은 그가 사냥을 떠나는 순간, 즉 이미 시작이 반이다. 그다음엔 사냥감을 명중시키기만 하면 되는 것이다. 진정한 사냥꾼은 창문에서도 새를 맞힐 수 있다. 창이나 눈은 그런 목적으로 있는 게 아닌가? 새가 다가와서 그의 총신에 내려앉는다. 하지만 다른 사람들은 그 위에 있는 새를 보지 못한다. 기러기가 자기 집 지붕 위로 날아와 울어 대면 사냥꾼은 굴뚝에 대고 쏘아도 기러기를 잡을 것이다. 스무 마리의 사향쥐가 지나가야 한 마리나 덫에 걸릴 것이다. 명사수는 살아 있는 동안 더욱더 사냥에 몰두할 것이고, 하늘과 땅이 사냥을 도울 것이다. 그리고 그가 죽으면 좀 더 넓고, 아마도 좀 더 즐거운 사냥터로 가게 될 것이다. 어부 역시 늘 물고기를 생각하고 꿈에서도 물 위로 올라오는 물고기를 보아야 마침내 물고기를 잡게 되는 법이다. 내가 아는 어떤 소녀는 허클베리를 따 오라고 했더니 구스베리를 한 양동이 가득 따 왔다. 마을 사람 누구도 거기에 구스베리가 있는지 몰랐는데 이 소녀는 전에 살던 마을에서 늘 구스베리를 땄기 때문에 여기서도 딸 수 있었던 것이다. 천문학자는 어디를 가야 별이 보이는지 안다. 그리고 망원경을 보기 전에 이미 마음속으로 확실하게 별을 본다. 암탉은 발밑의 땅을 파서 먹이를 찾지만 매는 그런 식으로 먹이를 구하지 않는다.

내가 언급한 이 빛나는 나뭇잎들도 예외가 아니다. 나는 나뭇잎, 풀잎, 이끼 모두 떨어지기 직전에 가장 밝게 빛난다고 믿기 때문에 이것들을 볼 수 있는 것이다. 가장 보잘것없는 식물이라도 충실하게 관찰하면 머지않아 독특한 가을의 색을 띨 것이다. 그리고 완벽하게 밝은색으로 된 목록을 만들려고 하면 주변의 식물 목록만큼이나 긴 목록을 만들어야 할 것이다.

## 겨울 산책

바람은 커튼을 스치며 조용히 속삭이거나 부드럽게 커튼을 새털처럼 부풀린다. 그리고 때로는 여름 산들바람처럼 밤새도록 나뭇잎을 들춰 가며 한숨을 쉬기도 한다. 들쥐는 땅속의 아늑한 굴에서 잠들고 부엉이는 깊은 늪지 나무 구멍 속에 앉아 있다. 토끼도 다람쥐도 여우도 모두 제집에 들어가 있다. 집 지키는 개는 난롯가에 조용히 앉아 있고 소는 외양간에 가만히 서 있다. 대지 자체가 잠들어 있다. 말하자면 마지막 잠이 아니라 태초의 잠에 빠져 있다. 들리는 것이라고는 이정표나 오두막집 문 경첩이 삐걱대는 소리뿐이다. 그것은 깊은 밤에 혼자 일하는 자연을 격려하는 소리처럼 들린다. 금성과 화성 사이에서 들리는 것이라고는 이 소리뿐이다. 인간에게는 매우 황량한 계절이지만 신들은 저 멀리서 모여 신성한 갈채와 따스한 우정을 즐기고 있다. 대지가 잠들어 있는 동안 새털처럼 눈이 내리자 대기는 생기로 가득 찬다. 마치 북쪽에 사는 케레스[87]가 밭마다 은빛 곡물을 뿌려 놓은 것 같다.

마침내 잠에서 깨어난 우리는 고요한 겨울 아침을 맞이한다. 창턱에는 솜처럼 따뜻하게 눈이 쌓여 있다. 눈 쌓인 창틀과 서리 낀 유리창을 통해 빛이 은밀하게 새어 들어와 실내가 더 아늑하다. 아침의 고요함이 인상적이다. 중간중간 서리 끼지 않은 부분을 통해 밭을 내다보려고, 창으로 다가가는데 발밑 마룻바닥이 삐걱댄다. 지붕 위에 눈이 무겁게 쌓여 있다. 처마와 울타리에는 눈으로 된 종유석이 매달려 있고 마당엔 가운데에 무언가를 감춘 석순이 서 있다. 나무와 관목은 하늘을 향해 하얀 팔을 들고 있다. 울타리와 담장을 지나면 어슴푸레한 풍경 위에 늘어선 환상적인 형상들이 유쾌하게 장난을 치고 있다. 마치 자연이 예술의 모델이 되려고 밭 위에 새로운 모형을 흩뜨려 놓은 것 같다.

우리는 조용히 문을 열고 눈보라가 안으로 들이치게 둔 채 밖으로 한 발 내딛는다. 그 순간 냉기가 몰려와서 온몸이 떨린다. 별은 이미 빛을 잃었고 지평선 위로 희미한 잿빛 안개가 피어오른다. 서쪽은 아직도 침침하고 뿌연 데다 음침하고 거무스레한 빛에 싸여 있어 그림자 영토 같은 풍경이지만 동쪽의 햇살은 뻔뻔스러울 정도로 번쩍이며 아침이 온다고 선언하고 있다. 들리는 것이라고는 지옥의 소리뿐이다. 까마귀 울음, 개 짖는 소리, 나무 쪼는 소리, 소 울음소리 따위가 모두 스틱스강[82] 너머 플루톤[83]의 마당에서 나는 소리 같다. 음울하다는 게 아니고, 동틀 녘의 부산스러운 소리가 지상의 소리라고 하기에는 너무 엄숙하고 신비스럽다는 뜻이다. 여우나

81 로마 신화의 대지와 농업의 여신.

82 그리스 신화에서 저승을 일곱 바퀴 돌아 흐르는 강.

83 저승의 지배자.

수달이 방금 다녀간 흔적이 마당에 나 있는 걸 보니 밤에도 시시각각 여러 가지 사건이 일어났고 원초적 자연이 아직도 원기 왕성하게 눈 위에 흔적을 남기고 있는 것 같다. 문을 열고 인적 없는 시골길을 가볍게 걷다 보면 발밑에서 사각사각한 눈이 뽀드득 소리를 낸다. 혹은 나무 썰매에서 나는 날카롭고 또렷하게 삐걱거리는 소리에 놀라기도 한다. 여름 내내 장작과 나뭇조각 사이에서 꿈만 꾸던 썰매가 일찌감치 농가를 나서서 먼 마을 상점을 향해 막 떠난 참이다. 눈 쌓인 창문 너머 눈보라 사이로 아침 일찍부터 농부가 켜 놓은 촛불이 보인다. 촛불이 희미한 별처럼 외롭게 빛난다. 마치 아주 훌륭한 사람들이 아침 예배를 드리는 모습처럼 보인다. 나무와 눈 사이로 보이는 굴뚝에서 하나둘 연기가 피어오르기 시작한다.

어딘가 깊은 골짜기에서 게으른 연기가 모락모락 올라온다.
꽁꽁 언 새벽 공기는 이곳저곳 탐색하다
천천히 아침과 사귄다.
연기는 천천히 하늘로 올라가
빙글빙글 돌며 빈둥댄다.
잠이 반쯤 깨 난롯가에서
무얼 해야 할지 몰라 꾸물대는 주인과 똑같다.
아직 잠이 덜 깬 주인은 늘어진 채
새날의 흐름을 타고 앞으로 나아가지 못한다.
그리고 이제 연기가 앞쪽으로 흘러온다.
주인은 아침 일찍 집승하여 도끼를 휘둘러
장작을 팰 요량으로 그쪽으로 한발을 내딛는다.
어슴푸레한 새벽에게 척후병이자

사신으로 연기를 먼저 내보낸다.
지붕을 가장 먼저 떠나 이제 막 도착한 순례자인 연기가
서리 낀 공기를 감지하고 아침이 왔음을 알린다.
주인은 아직 난롯가에서 서성이며
빗장을 열 엄두를 내지 못하는데
연기는 미풍과 함께 협곡 아래로 내려갔다.
그리고 평야 위에서 커다란 소용돌이를 만들기도 하고
나무를 휘감기도 하고 언덕 위에서 꾸물대기도 하고
일찍 깬 새의 날개를 따스하게 감싸기도 한다.
그리고 아마 지금쯤 화창한 하늘 높은 곳에 이르러
지평선 위로 동터 오는 아침을 보고 있을 것이고,
높은 하늘 위에서 빛나는 구름이 되어
지상의 문 앞에 서 있는 주인에게 눈인사를 보낼 것이다.

먼 대지 위로 농부의 집 문 열리는 소리가 퍼지고, 개 짖는 소리가 들리고, 먼 곳에서 수탉이 꼬끼오 대며 우는 소리가 들린다. 물론 오염 물질은 바닥에 가라앉고 위쪽의 가장 맑은 물이 잔잔하게 일렁이자 살짝 서리 낀 대기에 아주 섬세하게 찰랑대는 따뜻한 물결 소리가 퍼진다. 그 소리는 저 멀리 수평선에서 들리는 종소리처럼 또렷하게 들린다. 여름에는 그 소리가 더 희미했다. 방해물 때문에 멀리서 들리는 소리 같았는데 방해물이 줄어든 것 같다. 잘 마른 나무에서 나는 것처럼 낭랑한 소리가 숲에 퍼지고, 평범한 시골의 소리도 노래처럼 들리고 나무 위에 언 얼음 소리는 달콤하고 촉촉하다. 모든 것이 바싹 말라 대기에는 습기라고는 없다. 바로 이렇게 건조하고 통통 튀는 공기 가운데 기쁨이 샘솟는다. 긴장해서 움츠린 하

늘은 성당의 교차 궁륭 천장처럼 보이고, 대기 중에 반짝이는 얼음은 하늘에서 흘러내린 수정처럼 보인다. 그린란드의 바다가 얼 때면 "초원이 타는 것처럼 보여 서리 연기"라고 부른다. 그 살을 "에는 듯한 연기는 종종 얼굴과 손에 염증을 일으키고 건강에 아주 해롭다." 그러나 맑고 살을 에는 이런 추위는 폐엔 감로수 같다. 김은 얼어 버린 게 아니라 추위 때문에 더 정제된 듯하다.

마치 심벌즈 부딪치는 소리가 희미하게 들리는 듯하더니 멀리서 태양이 떠오른다. 순식간에 공기를 녹이는 것 같다. 그리고 그다지도 빠른 걸음으로 여행을 하던 아침은 이미 저 먼 서쪽 산을 황금색으로 물들이고 있다. 우리는 눈을 헤치고 성급하게 달려가, 이미 몸속의 열로 몸이 따뜻해지고 사상과 감정이 달구어져 여전히 인디언 서머를 즐기고 있다. 아마 우리가 좀 더 순순히 자연에 순응해 생활한다면 더위나 추위에 움츠러들지 않고 자연을 영원한 보모이자 친구로 삼을 것이다. 식물이나 동물처럼 우리 몸이 순수하고 단순한 요소로 가득 차 있다면 나뭇잎이 떨어져도 전혀 추위를 타지 않는 나뭇가지같이 겨울에도 쑥쑥 자랄 것이다.

이 계절에 자연이 보여 주는 멋진 순수함은 정말 기분 좋다. 눈은 썩은 나무둥치, 이끼 덮인 돌과 울타리, 가을의 시든 낙엽 할 것 없이 모든 것을 냅킨처럼 깨끗하게 덮는다. 헐벗은 들판과 딸랑거리는 소리가 나는 숲에 어떤 미덕이 살아남았는지 보라. 가장 춥고 황량한 땅에도 여전히 가장 따뜻한 자선이 깔려 있고, 염탐하는 찬바람이 불자 전염병은 모조리 날아가고 미덕만이 남아 있다. 그래서 산꼭대기처럼 춥고 황량한 숲 어디를 보아도 존경할 만큼 절대적인 순수함과 청교도적 확신이 있다. 그 밖의 모든 것은 집 안으로 들어간 것 같다. 그리고 밖에 남은 것은 태초의 우주 구조물의 일부, 신의 영광의 일부가 되어야 한다. 이렇게 정화된 공기를 마시고 나면 기운이 난다. 멋지고 깨끗한 대기가 눈에 보인다. 그리고 우리는 흔쾌히 더 늦게까지 오래 밖에 머물 것이다. 강풍이 헐벗은 나무 사이를 통과해 가듯이 우리 몸을 통과해 가고 우리는 겨울과 완벽하게 어울리는 존재가 될 것이다. 마치 우리가 순수하고 영원한 미덕을 빌려 사시사철 아주 훌륭한 존재가 되길 바란 것처럼.

대지 아래에는 꺼지지 않는 자연의 불길이 잠자고 있다. 그 불길은 결코 겉으로 솟구치지 않지만 마침내 거대한 눈 더미를 녹여 버린다. 1월에는 땅속 깊이 있고 7월이면 지표면 근처로 올라올 뿐이다. 가장 추운 날에도 어딘가에 그 불길이 흘러넘쳐 나무 주변의 눈을 모조리 녹여 버린다. 늦가을 싹을 틔운 귀리밭에서도 불길은 거의 땅 밖으로 스며 나와 아주 잽싸게 눈을 녹여 버린다. 그러면 우리 몸도 따스해진다. 겨울에는 따스함이 가장 훌륭한 미덕이다. 토끼나 개똥지빠귀 못지않게 우리도 돌이 훤히 들여다보이도록 햇살이 비치고 졸졸 흐르는 맑은 시내나 숲속의 따뜻한 샘에 열광한다. 늪지와 웅덩이에서 피어오르는 김은 주전자의 김만큼이나 소중하고 가정적이다. 겨울날 햇빛이 비치면 들쥐는 밖으로 기어 나오고 박새는 산속의 좁은 골짜기에서 지저귄다. 어떤 불길이 이 겨울 햇살 같겠는가? 겨울 햇살의 따스함은 태양에서 직접 나온다. 여름처럼 지상에서 반사된 빛이 아니다. 눈 덮인 골짜기를 걸을 때 등이 따뜻하면 그런 친절이 각별히 고맙고 그토록 외진 곳까지 따라와 준 태양에게 감사하게 된다.

우리 모두는 가슴속에 지하의 물을 모시는 신전을 가지고 있다. 1년 중 가장 추운 날 황량한 언덕 꼭대기에 서 있는 여행자의 외투 안 가슴속에서는 집 안의 어떤 난롯불보다 따뜻한 불이 타고 있다. 사실 건강한 사람은 어느 계절에나 반대 계절을 가슴에 품고 있어서 겨울이면 가슴속에 여름이 있다. 그의 가슴속에 남쪽 나라가 있다. 거기로 새와 곤충이 모두 몰려오며 가슴속 따뜻한 샘 주위로 울새와 종달새가 모여든다.

마침내 숲에 이른다. 이제 쏘다니던 도시를 완전히 떠나 아늑한 숲속으로 들어간다. 눈 천장 아래로 들어가는 기분이다. 숲은 아직도 따뜻하고 행복하며 겨울이지만 여름처럼 따스하고 상쾌하다. 숲의 미로를 따라가다 말고 무성하게 자란 소나무 가운데 서서 듬성듬성 깜박이는 빛을 보면, 문득 도시 사람들이 소박한 숲의 이야기를 들은 적이 있을까 하는 생각이 든다. 어떤 여행자도 이 숲을 탐험하지 않은 것처럼 보인다. 과학이 매일 미지의 분야에서 놀라운 사실을 밝혀내지만 여행자의 이야기를 듣고 싶지 않은 사람이 있겠는가? 들판에 있는 숲 덕분에 초라한 마을이 존재한다. 숲 덕분에 목재로 집을 짓고 나뭇가지를 땔감으로 쓴다. 겨울 숲의 상록수는 얼마나 소중한가! 그것은 시들지 않는 여름이자 영원한 세월이다! 그리고 그 잎은 얼마나 싱싱한가! 이렇게 간단하게, 높은 곳에 올라가지 않아도 다양한 대지의 모습을 볼 수 있다. 자연의 도시인 이런 숲이 없다면 인간의 삶은 어떻게 되겠는가? 산꼭대기에서 보면 숲은 매끈하게 깎은 잔디밭처럼 보인다. 이 키 큰 풀잎 속을 걸어 다녀야 할 것이다. 달리 어디를 가겠는가?

1년 내내 자란 덤불로 덮인 숲속의 빈터에, 시든 나뭇잎과 나뭇가지 모두 아름다운 은빛 가루로 덮여 있는 광경을 보라.

색이 사라진 대신 갖가지 다양한 형태가 드러나 있다. 나무 밑동 주변에서 작은 쥐들이 지나간 흔적이나 토끼의 세모꼴 발자국을 관찰해 보라. 이 모든 것 위에 깨끗한 하늘이 팽팽하게 걸려 있다. 마치 지저분한 여름 하늘이 깨끗한 겨울의 추위에 정화되고 압축되어 체에 걸러진 다음 다시 지상에 내려온 것 같다.

여름에 뚜렷하던 차이가 겨울에는 사라진다. 하늘은 대지에 더 가까이 다가온 것처럼 보인다. 여러 요소들이 더 이상 모습을 숨기지 않고 자신을 더 뚜렷하게 드러낸다. 물은 얼음이 되고 비는 눈이 된다. 낮은 스칸디나비아반도에서는 밤이고, 겨울은 북극의 여름이다.

자연에는 훨씬 많은 생명이 살고 있다. 살을 에는 밤을 지나 살아남은 동물들은 서리와 눈으로 덮인 들판과 숲에서 동이 트는 것을 바라본다.

식량이 떨어진 황야에서
갈색 주민을 쏟아져 나온다.

추운 금요일 아침에도 회색빛 다람쥐와 토끼는 까불며 장난을 친다. 라플란드[84]와 래브라도[85]가 있고, 에스키모, 크리스티노,[86] 데인 인디언,[87] 노바젬블라섬[88] 주민, 스피츠베르

84 스칸디나비아반도와 핀란드 일부, 러시아 콜라반도를 포함한 유럽 최북단 지역.
85 캐나다 동북부 뉴펀들랜드주의 일부.
86 미국 인디언 부족의 이름.
87 캐나다 북부에 사는 원주민.
88 캐나다 누나부트준주의 무인도.

겐[89]인들에게는 얼음 깨는 사람과 벌목꾼 그리고 여우와 사향쥐와 밍크가 있지 않은가?

북극의 겨울 한가운데서 우리는 여름의 은신처까지 쫓아가 아직도 살아 있는 생명체와 공감할 수 있다. 서리가 내려 꽁꽁 언 초원을 가로지르는 시내에는 날도래 유충의 집이 있다. 작은 돌, 가지, 풀잎, 시든 낙엽, 조개껍질, 조약돌로 만든 작은 원통형 집이다. 모양이나 색만 보면 강바닥에 깔려 있는 잔해처럼 보인다. 그 원통은 때로 조약돌 바닥 위에 떠다니기도 하고 때로는 작은 물결 속에서 소용돌이치기도 하고, 때로는 가파르게 떨어지는 물에 부딪히기도 하고, 때로는 물결에 휩쓸려 빠른 속도로 떠내려가기도 하고, 때때로 풀잎이나 뿌리에 걸려 흔들리기도 한다. 유충들은 곧 물속의 처소를 떠나 식물의 줄기를 타고 올라가 수면으로 떠오른 다음 각다귀처럼 성충이 되어 물 위를 헤엄치고 다닐 것이다. 그러다가 저녁 촛불에 달려들어 일생을 마칠 것이다. 저 아래쪽의 작은 빈터에서는 덤불이 무게를 이기지 못해 고개를 떨구고 하얀 대지와 대조를 이루며 덧나무에는 빨간 열매가 열려 있다. 이미 사람들이 지나간 발자국이 수없이 나 있다. 센강이나 테베레강[90] 위에 떠오르기라도 하는 것처럼 산골짜기에 자랑스럽게 태양이 떠오른다. 태양에는 여지껏 본 적 없는 순수하고 독립적인 용기가 깃들어 있다. 패배나 두려움을 모르는 용기다. 도시와 마을에서 멀리 떨어진 이곳에서는 원시 시대의 단순함과 순수함, 건강과 희망이 지배한다. 바람이 불자 나무에서 눈

89 그린란드 북동쪽에 있는 노르웨이의 섬 지역.

90 이탈리아 중부를 흐르는 강.

이 떨어져 인간이 남긴 유일한 흔적마저 지워 버린다. 멀리 떨어진 이런 숲에 혼자 서서 도시의 삶보다 훨씬 다양하고 풍요로운 삶을 본다. 박새와 동고비가 정치가나 철학자보다 더 많은 지적 자극을 주기 때문에 우리는 세속적인 친구들보다 이 친구들에게 돌아갈 것이다. 이 외로운 골짜기에는 시냇물이 흐르고, 얼음이 수정처럼 오색찬란하게 빛나고, 골풀과 시든 야생 귀리가 물속에 잠겨 있고, 시내 양옆에는 가문비나무와 솔송나무가 늘어서 있다. 이곳에서 우리의 삶은 훨씬 고요하고 사유할 만하다.

오후가 되자 따뜻한 햇살이 언덕에 반사되어 비치자 얼었던 시냇물이 흐르고 달콤한 음악이 희미하게 들린다. 나무 위의 고드름이 녹고 있다. 동고비와 자고새가 모습을 드러내고 지저귀는 소리가 들린다. 정오가 되면 남풍이 눈을 녹여서 헐벗은 대지 위로 시든 풀잎과 낙엽이 드러난다. 풀잎과 낙엽의 향기를 맡으면, 마치 진한 고기 냄새를 맡은 것처럼 기운이 난다.

이제 아무도 살지 않는 나무꾼의 오두막으로 가 보자. 그가 눈보라 치는 짧은 낮과 긴 겨울밤을 어떻게 지냈는지 보자. 이곳 남쪽 언덕 아래에는 사람들이 쭉 살았던 터라 이곳은 문명화된 공적 장소로 보인다. 마치 팔미라[91]나 헤카톰폴리스[92]의 폐허 옆에 있는 듯한 착각마저 든다. 여기서는 새가 지저귀고 꽃도 나타나기 시작한다. 잡초는 물론이고 꽃도 사람을 따라다니기 마련이니까. 솔송나무가 그 사람의 머리 위에서 속

91 시리아 중부의 고대 도시.

92 이란의 고대 도시.

삭였을 것이고 히커리나무는 그의 장작이 되었을 터다. 송진 묻은 소나무도 그의 난로에서 탔을 것이다. 증기가 분주하게 피어오르는 숲속 빈터의 시냇물이 그의 샘물이었을 것이다. 물론 그는 지금 멀리 떠났지만 돈운 흙 위에 솔송나무의 가지와 짚을 쌓아 침대를 만들고 이 부서진 접시를 컵으로 썼을 것이다. 그러나 그는 이번 겨울에는 이곳에 살지 않는다. 지난여름 선반 위에 딱새가 둥지를 튼 것을 보면 그 사실을 알 수 있다. 마치 냄비에 콩을 넣고 끓이다가 그가 방금 나가기라도 한 것처럼 아직도 벽난로에는 타다 남은 장작이 남아 있다. 담배를 채우지 않은 파이프가 재 속에 있는 것으로 보아 저녁이면 담배를 피우며 아마 유일한 친구인 신과 이야기를 나누었을 것이다. 다음 날 아침이면 밖에서 펑펑 내리는 눈이 얼마나 쌓일지에 대해 이야기하다가 방금 들린 소리가 부엉이 소리인지 나뭇가지가 꺾이는 소리인지 아니면 그저 상상의 소리인지를 두고 신과 다투었을 것이다. 늦은 겨울 그는 짚으로 만든 침대 위에 눕기 전 넓은 굴뚝을 통해 전해지는 소리를 듣고 눈보라가 몰려오는 하늘을 올려다보았을 것이다. 가장 밝은 카시오페이아자리의 별 다섯 개가 밝게 빛나는 것을 보고 흐뭇해하며 잠들었을 것이다.

이 벌목꾼 이야기에 얼마나 많은 흔적이 있는지 보라! 이 장작을 보고 그의 도끼가 얼마나 날카로웠을지, 어느 쪽이 잘렸을지 알 수 있고, 그가 어느 방향에 서 있었을지, 그가 꼼짝도 않고 장작을 팼을지 아니면 손을 바꾸어 가며 장작을 팼을지 추측할 수 있다. 그리고 상삭의 휜 형태를 보고 어느 방향으로 떨어졌는지도 알 수 있다. 이 장작에는 벌목꾼과 세계의 역사가 새겨져 있다. 숲의 통나무 위에 있는 종이 한 장, 즉 설탕 혹은 소금을 쌌거나 총의 충전재였을 종이 한 장에서 우리는 하이 스트리트나 브로드웨이에 있는 더 큰 빈 셋집의 이야기보다 더 재미있는 이야기를 읽어 낸다. 이 소박한 지붕의 처마는 남쪽으로 기울어져 있고 박새는 소나무 사이에서 재재거리고 문 주변의 따스한 햇살은 뭐랄까, 친절하고 인간적이다.

계절이 두 번이나 바뀌어도 대충 만든 이 집이 주변 풍경은 훼손되지 않는다. 이미 새들이 날아와 둥지를 틀고 짐승이 문까지 다가왔던 발자국이 보인다. 이렇게 오랫동안 자연은 인간의 침범과 신성 모독쯤은 무시해 왔다. 숲은 여전히 자신을 파괴하는 도끼 소리까지 아무런 의심 없이 즐겁게 울려 퍼지게 한다. 가끔 그 소리가 들리는 동안 숲은 더 야성적으로 변하고 모든 요소들이 협동해 이 소리를 자연의 일부로 만들려고 애쓴다.

이제 우리는 높은 언덕 꼭대기로 가는 완만한 길을 따라 올라가 가파른 남쪽 언덕 꼭대기에 서서 저 멀리 눈 덮인 산까지 펼쳐진 드넓은 숲과 들판과 강을 바라본다. 보이지 않는 농가에서 피어오른 연기가 숲을 뚫고 하늘로 올라가는 모습이 보인다. 그리고 농가 위에 펄럭이는 깃발을 보라. 저 아래는 더 따뜻하고 온화한 지역임이 틀림없다. 강에서 피어오른 증기가 나무 위에 구름을 만든 걸 보면 짐작할 수 있다. 숲속의 높은 언덕 꼭대기에서 증기가 솟는 것을 본 그 순간 여행자와 저 아래쪽에 앉아 있는 사람 사이에 얼마나 멋진 인연이 생겨나겠는가! 그의 앞에서 증기가 김처럼 조용하고 자연스럽게 모락모락 하늘로 올라가면서 화덕 주변의 주부 못지않게 분주히 동그라미 모양을 만들어 낸다. 이것이야말로 생활의 기록으로, 단순히 냄비를 끓이는 일보다 더 심오하고 은밀하며 중요한 일이 일어나고 있음을 암시한다. 그 멋진 증기 기둥이 깃발처럼 숲 위로 솟아오를 때 인간의 삶 자체가 성립되는 것이다. 로마의 시작, 예술의 성립, 제국의 토대 역시 그렇게 이루어졌다. 미국의 초원이건 아시아의 스텝 지대이건 모두 마찬가지였다.

이제 다시 삼림 지대 호숫가로 간다. 언덕 사이의 움푹 팬 곳에 있는 호수는 마치 매년 떨어지는 낙엽을 짜서 만든 주스 같다. 유입구도 유출구도 보이지 않는 호수는 자신의 역사를 흐르는 물결 속에, 호숫가의 둥근 조약돌 속에, 호숫가에 딱 붙어 자란 소나무 속에 새겨 두었다. 호수는 가만히 있지만 그렇다고 게으르지는 않다. 아부무사[93] 속담처럼 "집에 가만히 앉아 있는 게 천국의 삶이고 집 밖으로 나가면 세속적 삶"이라고 가르친다. 하지만 호수는 수증기가 되어 가장 멀리 여행을 떠난다. 여름이면 호수는 지구의 촉촉한 눈동자가 되고, 자연이 가슴에 품은 거울이다. 숲이 지은 죄는 호수 안에서 말끔히 정화된다. 호수 주변의 숲이 어떻게 반원형 극장을 만드는지 보라. 자연은 온화하지만 하나의 각축장을 만들어 낸다. 나무는 여행자에게 저마다 자기 쪽으로 오라고 부른다. 호수를 향해 길이 나 있고, 새가 호수로 날아오고, 숲속 동물은 호수 쪽으로 도망치고, 땅 자체가 호수 쪽으로 기운다. 호수는 자연의 휴게실이고 자연은 여기서 화장을 한다. 자연이 얼마나 조용히 살림을 하며 늘 깔끔한지 생각해 보라. 아침마다 태양이 수증기로 수면의 먼지를 쓸어 내면 물이 솟아나 수면이 깨끗해진다. 호수에 더러운 물질이 쌓여도 매년 봄이면 다시 투명

93 이란의 반다르렝게 남쪽에 있는 섬.

해지는 걸 생각해 보라. 그러나 지금은 하얀 눈으로 호수 표면이 완벽하게 덮여 보이지 않는다. 가끔 바람이 불 때 흘낏 얼음이 보일 뿐이다. 얼음 위에서 이리저리 미끄러지던 낙엽이 얼음 사이에 끼이기도 하고 바람에 휩쓸려 굴러다니기도 한다. 말라빠진 자작나무 잎만이 호숫가 조약돌에 부딪쳐 뒤집힌 다음 아직도 몸을 구르고 있다. 숙련된 기술자라면 부모인 나무에서 떨어질 때 어디로 갈지 계획을 세웠을 것이다. 여러 요소들을 계산해야 한다. 현재의 위치, 바람의 방향, 호수의 수위 등등. 그 외에도 얼마나 많은 요인을 고려해야 하겠는가? 나뭇잎의 찢긴 모서리와 잎맥 속에는 항해 일지가 기록되어 있다.

큰 집의 실내에 있다고 상상해 보자. 호수 표면은 송판 탁자나 사포로 문지른 마룻바닥이다. 호숫가에 삐죽 솟아난 나무들은 오두막의 벽처럼 보인다. 강꼬치를 잡기 위해 얼음 사이로 늘어뜨려 놓은 낚싯줄은 어마어마한 요리를 준비하는 것처럼 보인다. 하얀 땅 위에 서 있는 사람들은 숲의 가구처럼 보인다. 눈 덮인 얼음 너머 800미터가량 떨어진 곳에서 이 사람들이 하는 행동은, 역사에서 알렉산드로스 대왕의 업적을 읽을 때처럼 감동을 준다. 그들의 격에 맞는 이 장면은 왕국의 정복처럼 중요한 일 같다.

우리는 다시 아치 모양의 나무 사이를 헤맨 다음 마침내 숲 가장자리에 서서 먼 강에서 얼음이 깨지는 굉음을 듣는다. 얼음은 바다의 파도와는 다르고 더 섬세한 물결에 밀려다니는 것 같다. 그 소리가 이상하게 우리 집에서 나는 소리 같기도 하고 먼 귀족 친척의 목소리 같기도 해 온몸에 전율이 인다. 온화한 여름 햇살이 호수와 숲에 비치고 수십 미터를 걸어

가도 푸른 잎이라고는 한두 잎밖에 없지만 자연은 여전히 고요하고 싱싱하다. 왠지 모르겠지만 모든 소리가 건강의 확신으로 가득 차 있다. 1월에 나뭇가지가 꺾이는 소리는 부드럽게 윙윙대는 7월의 바람 소리처럼 들린다.

가지마다 겨울이 환상적인
꽃으로 장식할 때,
이제 꽃 아래쪽 나뭇잎을
침묵으로 봉인할 때,
그 펜트하우스에서 졸졸대며
개울물이 흘러간다.
회랑에서는 쥐가
초원의 가장자리를 조금씩 갉아 먹는다.
내게는 아직 여름이 끝나지 않은 것 같다.
땅 아래 여름이 숨어 있는 것 같다.
바로 그 초원의 쥐는 작년에 핀 히스 아래
편안히 잠들어 있다.

곧 어디선가 박새가
들릴 듯 말 듯 지저귀면
눈은 여름이 만든
커다란 덮개가 된다.

생기 있는 나무에 예쁜 꽃이 피고,
휘황찬란한 과일이 열린다.
북풍은 한숨처럼 여름 미풍을 내쉬면서

살을 에는 서리가 다가오지 못하게 막는다.

열심히 귀 기울이자
즐거운 소식이 들린다.
겨울을 두려워할 필요 없다는
고요한 영원이란 소식.

저 멀리 고요한 연못 위에서는
안절부절못하고 얼음이 마구 갈라지고
연못의 요정은 귀가 먹먹할 정도로 쾅쾅대며
즐겁게 뛰논다.

마치 멋진 자연의 축제
소식을 들은 것처럼
나는 서둘러 마구 골짜기로 달려간다.
꼭 보아야 하는 멋진 축제를 구경하러 간다.

내가 뛰어가자 이웃인 얼음도
나와 함께 흔들린다.
걸음을 옮길 때마다 얼음 깨지는 소리가
즐거운 호수를 가로질러 순식간에 퍼져 나간다.

그 소리는 땅속 귀뚜라미 소리와 하나가 되어
난로 위 나뭇가지 소리와 하나가 되어
숲의 오솔길을 따라
들릴락 말락 하게 울려 퍼진다.

밤이 오기 전에 우리는 이 구불구불한 강을 따라 스케이트를 탈 것이다. 마치 패리 장군[94]이나 프랭클린[95]과 함께 북극의 얼음 위를 미끄러져 가는 기분으로 탈 것이다. 이는 겨울 내내 난롯가에 앉아 있던 사람들에게는 아주 새로운 경험이다. 구불구불한 강줄기를 따라가다가 언덕 사이로 미끄러져 광활한 초원을 지나쳐 소나무와 솔송나무 아래서 작은 만을 만든다. 강은 도시 뒤로 흐르고, 모든 것에서 더 야성적이고 새로워 보인다. 밭과 정원이 아주 솔직하게 꾸밈없이 다가와 고속 도로에서는 볼 수 없는 솔직함과 자유를 구가한다. 그것은 지구의 가장자리고 바깥이다. 이렇게 폭력적인 대조를 우리의 눈은 순순히 받아들인다. 농부의 울타리에서 마지막으로 본 것은 살랑대는 버들가지다. 그 가지는 아직도 파릇파릇하다. 그리고 마침내 마지막 울타리가 나타나면 우리는 더 이상 길을 건너가지 않는다. 언덕을 오르지 않고 외지고 평탄한 길을 따라 마을로 갈 수도 있다. 하지만 넓은 강을 따라 고원의 초원 지대로 간다. 이것은 순종의 법칙의 아름다운 예다. 강의 흐름을 따라가는 것이다. 강이야말로 환자조차 쉽게 갈 수 있는 길이고 도토리도 안전하게 떠내려올 수 있는 대로다. 풍경을 바꿀 정도로 가파른 절벽은 아니어도 물이 약간 폭포처럼 떨어지고 그 주위에 안개가 뿌옇게 흩어져 동네 사람이나 먼 곳에서 온 여행자를 끌어들인다. 저 먼 내륙 지대에서 강을 따라 편안하게 쓱쓱 미끄러져 나가거나 약간 경사진 면을 따라 미끄러져 내려가다 보면 바다에 이른다. 이처럼 처음

94 William Edward Parry(1790~1855): 영국 해군으로 북극 탐험가.

95 Sir John Franklin(1786~1847): 영국 해군으로 북극 탐험가.

부터 오르락내리락하며 강을 따라 계속 가다 보면 강은 저절로 가장 편안한 물길이 되어 흐른다.

인간에게 항상 문을 닫고 있는 자연은 없다. 이제 우리는 물고기 제국으로 다가간다. 깊이를 알 수 없는 강 위로 재빨리 미끄러져 나간다. 여름에는 이 강에서 낚싯줄을 늘어트리고 메기와 퍼치를 잡았다. 당당한 강꼬치는 부들이 늘어선 긴 통로에 숨어 있었다. 스케이트를 타고 왜가리가 걸어 다니고 해오라기가 쪼그리고 앉아 있는 늪지, 아무도 뚫고 들어갈 수 없는 깊은 늪지를 잽싸게 가로질러 간다. 마치 수없이 많은 철로가 놓여 있는 것처럼 미끄러져 간다. 우리는 충동적으로 사향쥐의 오두막을 덮친다. 사향쥐가 투명한 얼음 아래서 새처럼 쏜살같이 강둑의 구멍 속으로 들어간다. 그리고 최근에 "풀 베는 사람이 금방 간 낫"으로 깎은 것처럼 평평한 초원 위로 얼어 버린 크랜베리와 풀잎으로 뒤범벅된 밭 위를 미끄러져 지나간다. 찌르레기와 딱새와 풍조가 물 위에 둥지를 틀고 말벌이 단풍나무 위에 집을 지은 습지로 스케이트를 타고 지나간다. 해가 뜨자 수많은 새들이 은빛 자작나무와 엉겅퀴 덤불 속 둥지에서 튀어나와 즐겁게 지저귄다! 늪 가장자리에는 사람들의 발길이 닿지 않는 해상 마을이 있다. 속이 빈 나무에서 새끼를 기르는 원앙새가 마을 저쪽 습지의 숲을 향해 미끄러지듯 사라진다.

겨울에 자연은 골동품을 넣은 금고가 된다. 마른 표본이 자연의 질서와 위계에 맞게 빼곡히 들어차 있다. 초원과 숲은 식물 표본이다. 나뭇잎과 풀잎은 못으로 박거나 풀로 붙이지도 않았는데 완벽하게 진공 압착이 되어 있다. 새들이 가지 위에 둥지를 지어 놓았다. 우리는 여름이 한 일을 감사하기 위해서 뽀송뽀송한 신발을 신고 썩은 늪을 둘러보며 오리나무와 버드나무와 단풍나무가 얼마나 자랐는지 바라본다. 그 나무들은 태양이 얼마나 따뜻하게 내리쬐었는지, 이슬과 비가 얼마나 양분을 잘 제공했는지 말해 준다. 풍성한 여름에 그 가지들이 얼마나 쑥쑥 자랐는지 바라본다. 그리고 곧 잠들어 있던 꽃봉오리들이 연달아 하늘을 향해 봉오리를 터트릴 것이다.

우리는 때때로 눈밭을 걷는다. 눈이 너무 두껍게 쌓여 있어서 한동안 보이지 않던 강이 전혀 예상치 못한 곳에서 갑자기 나타난다. 강이 눈 밑에서 들릴락 말락 하게 씩씩대며 으르렁댄다. 곰이나 다람쥐처럼 강이 겨울잠을 자고 있는데 우리가 얼음과 눈에 묻힌 강의 희미한 여름 길을 쫓아오기라도 한 것처럼 말이다. 처음에는 한겨울 강은 텅 비고 말라 있거나 봄에 얼음이 녹을 때까지 꽁꽁 얼어 있다고 생각할 수 있다. 그러나 강의 수량은 전혀 줄지 않는다. 단지 추위 때문에 수면이 드문드문 드러날 뿐이다. 강과 시냇물의 수원인 수많은 샘에서는 아직도 물이 흐르고 있다. 샘의 표면은 꽁꽁 얼어붙어 있지만 땅속 깊은 곳에서는 물이 불어나고 있다. 눈 밑에 자연의 샘이 있는 것이다. 여름 시내는 눈 녹은 물로만 채워지는 게 아니고, 풀 베는 사람들도 그 물로만 목을 축이는 게 아니다. 샘에서 눈이 녹아야 강물이 불어난다. 자연이 꾸물대며 얼음과 눈으로 그냥 놔두면 입자가 덜 매끈하고 둥글지도 않아서 물이 빠르게 불어나지 않는다.

솔송나무와 눈 덮인 언덕 사이에 있는 얼음 위에 저 멀리 강꼬치고기 낚시꾼이 서 있다. 외딴 만에서 낚싯줄을 드리우고 핀란드 사람처럼 방한 코트 주머니에 팔을 거의 다 넣고 있다. 따분하게 눈과 물고기만 생각하는 동안 낚시꾼은 지느러미 없는 물고기가 되어 인간 종족이 아닌 것 같다. 그는 호숫가의 소나무처럼 말없이 꼿꼿하게 서 있다가 구름과 눈에 둘러싸인다. 이 야생의 풍경에서 사람들은 도시의 활기와 발랄함을 버리고 자연을 닮아 아주 진지하게 서 있거나 몸을 둔하게 움직인다. 그는 어치나 사향쥐 이상으로 풍경의 일부가 되어 그 풍경을 야성적으로 만든다. 초기 항해자들이 묘사한 누트가 해협[96]이나 북서쪽 해안에 사는 원주민처럼 보인다. 그는 도시의 거주민들보다 자연에 더 깊이 뿌리내린 데다 한 뿌리를 가지고 있다. 그에게 이게 얼마나 행운이냐고 하면, 그는 보이지 않는 신을 섬긴다고 할 것이다. 그가 본 적도 없는 호수의 강꼬치, 이상 속의 원시적인 강꼬치에 대해 진심으로 존경에 차 손짓하며 이야기하는 걸 들어 보라. 그는 늘 낚싯줄로 호숫가와 연결되어 있는 것 같다. 심지어 집의 텃밭에서 완두콩이 자라는 계절에도 얼음을 뚫고 낚시를 한다.

그러나 이제 우리가 어슬렁대는 동안 다시 구름이 몰려오고 눈이 조금씩 흩날리기 시작한다. 눈발이 점점 짙어지자 멀리 있는 물체들은 보이지 않는다. 나무와 밭마다 눈이 내려 모든 틈새가 메워진다. 강에도 연못에도 언덕에도 눈이 내린다. 동물들은 은신처에 숨어 있고 새들은 둥지에서 평화로운 시간을 보낸다. 화창한 때처럼 소리가 많이 나지는 않는다. 하지만 회색 벽과 울타리, 반짝이는 얼음, 아직 파묻히지 않은 시든 나뭇잎들이 하나둘 조용히 눈에 덮이고, 인간과 짐승의 흔적도 사라진다. 자연은 손쉽게 인간의 흔적을 없애고 다시 자신의 지배를 선언한다. 같은 현상을 호메로스가 어떻게 묘사

96 밴쿠버섬과 누트가섬 사이의 해협.

했는지 들어 보라. "겨울에는 눈이 빨리 두껍게 쌓인다. 바람은 잠잠하고 눈이 계속 내린다. 눈은 산꼭대기, 언덕, 로터스 나무가 자라는 평원, 밭을 뒤덮는다. 파도가 일렁이는 바닷가나 작은 만에도 눈이 내리지만, 눈은 파도에 조용히 녹아 버린다." 눈은 모든 것을 하나로 만든 다음 자연의 품으로 끌어안는다. 숨 막히는 여름이면 식물들이 사원의 기둥 꼭대기와 성의 탑까지 뒤덮어 예술의 업적을 넘어서는 것과 같은 이치다.

폭풍이 몰려오는 가운데 해가 지고 새들이 둥지를 찾고 소 떼는 외양간으로 갈 때면 심술궂은 밤바람이 숲에서 윙윙대면서 우리에게 돌아가라고 경고한다.

황소는 눈으로 뒤덮인 채
고개를 숙이고 서서 이제
노고의 결실을 달라고 한다.

달력에 겨울은 바람과 진눈깨비를 맞으면서 외투를 여미는 노인으로 그려져 있지만, 겨울은 명랑한 벌목꾼이나 혈기 왕성한 젊은이처럼 보인다. 처음 보는 장엄한 폭풍 앞에서 여행자는 더 씩씩해진다. 겨울은 우리를 하찮게 여기지 않고 아주 진지하게 대한다. 겨울이 되면 우리는 좀 더 내면으로 침잠한다. 우리의 마음은 따뜻하고 유쾌한 눈 덮인 초가집 같다. 그 집은 문과 창문이 반쯤 가려져 있지만 굴뚝에서는 연기가 즐겁게 올라간다. 쌓인 눈 때문에 바깥에 나가지 못해 집이 더 안락하게 느껴진다. 제일 추운 날 난롯가에 앉아서 굴뚝으로 하늘을 보는 데 만족하고, 굴뚝가의 따뜻한 구석에 가능한 한 가만히 앉아 고요한 삶을 즐긴다. 길에서 소가 우는 소리나 오후 내내 먼 창고에서 도리깨질하는 소리를 들으면서 우리는 맥박을 짚어 본다. 숙련된 의사라면 자연의 이런 단순한 소리가 어떤 영향을 미치는지 관찰해 우리의 건강 상태를 진단할 수 있을 것이다. 우리는 현재를 즐긴다. 따뜻한 화로나 난롯가에서 동양적인 여유가 아니라 아한대의 여유를 즐기며 햇빛 사이로 아른거리는 먼지를 지켜본다.

때때로 운명이 우리를 너무나 편안하고 친밀하게 진심으로 대해 주어서 우리는 운명이 잔인할 리가 없다고 생각한다. 인간의 운명이 어떻게 석 달 동안 모피에 싸여 있는지 생각해 보라. 유대인의 묵시록은 이 유쾌한 눈을 무시한다. 온대나 한대 지방에는 종교가 없는가? 뉴잉글랜드의 겨울밤에 신이 보여 주는 순수한 자비는 어떤 경전에도 기록되어 있지 않다. 우리는 그런 신을 찬양하지도 않고 분노하는 신만 비판해 왔다. 결국 최상의 경전에 보잘것없는 믿음만 기록되어 있는 셈이다. 경전 속 성인들은 말없이 근엄하게 산다. 신앙심 깊은 용감한 사람으로 하여금 메인주나 래브라도의 숲에서 한 해를 보내게 해 보자. 그러고 나서 유대 경전에 겨울의 시작부터 얼음이 녹을 때까지 그가 겪은 상태와 경험이 적절하게 기록되어 있는지 검토해 보자.

이제 긴 겨울이 농부의 난롯가에서 시작된다. 집 안에 있는 사람들은 마음속으로 해외 여행을 떠나며 본성과 필요에 따라 모든 생명에 자비롭고 너그러워진다. 이제 추위에 대한 행복한 저항이 시작되고, 수확을 마친 농부는 겨울에 대비한다. 그리고 빛나는 유리창 사이로 "북극 곰의 저택"을 너그럽게 바라본다. 이제 폭풍이 지나갔기 때문이다.

둥근 하늘이
무한한 세계를 보여 주며
강렬하게 빛난다.
북극에서 남극까지
별빛으로 가득 차 있다.

# 하일랜드 등대로

뱃사람들이 하일랜드 등대 혹은 케이프 코드 등대로 알고 있는 이 등대는 '최초의 해변 등대' 중 하나로, 유럽에서 매사추세츠주로 다가올 때 가장 먼저 보이는 등대다. 이 등대는 케이프 앤 등대에서 55킬로미터 떨어져 있고 보스턴 등대에서 66킬로미터 떨어져 있으며 진흙으로 된 둑 끝에서 100미터가량 떨어져 있다. 나는 근처에서 지붕을 만들고 있던 목수에게 대패, T자, 수준기, 양각기를 빌려 돛대로 만든 지붕널 중 하나를 이용해 주축과 다리가 있는 고도 측정기 비슷한 걸 만들었다. 그것으로 등대 맞은편에 있는 둑의 기울기를 측정했다. 그리고 낚싯줄로 경사면의 길이를 재고 지붕 위에서 높이를 쟀다. 등대는 내가 서 있는 곳에서 33.5미터 높이였고 해수면에서 37.5미터 높이였다. 케이프 코드 끝까지 조사한 그레이엄은 해수면에서 39.6미터 높이라고 했다. 나는 수평선과 40도를 이루는 보래와 신흙이 섞인 곳에서 높이를 측정했는데, 진흙에서 재면 대개 발이 푹 빠지기 마련이다. 이 진흙 위에는 암소나 닭도 가만히 서 있지 못한다. 남쪽으로 800미터 떨어진 곳에서는 둑이 4.5~7.5미터 정도 더 높아 보여서 북트루로에서 가장 높은 곳처럼 보인다. 이 거대한 진흙 둑까지 빠르게 진흙이 유실된다. 10~15미터 간격으로 작은 시내들이 졸졸 흘러 바로 옆에 진흙으로 15미터 혹은 그 이상의 고딕식 건물 지붕 모양이 만들어졌다. 지붕은 용마루 바위처럼 날카롭고 거친 형태이다. 어떤 곳에서는 이상하게도 둑이 커다란 반원형 분화구 모양으로 깎여 나가기도 했다.

등대지기의 말에 따르면 동쪽이 더 심하기는 하지만 곶의 양면이 깎여 나가고 있다고 한다. 어떤 부분에서는 작년 한 해 동안에만 몇십 미터나 깎여 나가서 머지않아 등대를 옮겨야 할 정도라고 한다. 우리는 등대지기의 자료에 비추어 곶의 이 지점이 얼마나 빨리 소멸될지 계산해 보았다. "60년 전을 기억할 수 있거든요."라고 그가 말했다. 우리는 그가 한 마지막 말에 더 놀랐다. 그가 마흔이 안 되어 보여서였다. 곶이 급속하게 소멸되는 것보다 이 등대지기가 그 나이에 건장하고 힘이 넘치는 게 더 놀라웠다. 그가 곶보다 더 오래 살 가능성이 크다는 생각이 들었다.

그해 10월과 그다음 해 6월 사이에 등대 맞은편에 있는 둑이 13미터나 깎여 나간 것을 발견했다. 마지막에 보았을 때는 12미터 이상 갈라져 있었고 그 사이의 해변에는 최근에 버려진 쓰레기가 흩어져 있었다. 그러나 둑이 1년에 1.8미터 이상의 속도로 깎여 나가지는 않으리라는 판단이 들었다. 수년간 혹은 한 세대 동안 관찰하고 내린 결론이 오류로 판명나고 예상을 뒤엎고 곶이 그대로 남아 있을 수도 있을 것이다. 어떤 곳에서는 둑을 따라 걸어간 구조자의 발자국이 몇 년간 남아 있다. 여기 사는 나이 든 주민의 말로는 1798년 등대를 지을 때는 매년 울타리 하나 정도가 소실되어 45년 정도 버틸 것이라고 계산했는데, "아직도 등대가 있다."라는 것이다.(혹은 둑에서 100미터 떨어진 장소에 지어진 다른 등대일 수도 있다.)

바다가 모든 곳에서 곶을 덮치는 것은 아니다. 어떤 사람의 이야기에 따르면 프로빈스타운 북쪽에서 오래전에 난파한 배의 "뼈대"(이건 그의 말이다.)가 수십 미터 떨어진 이쪽 해안 모래에 아직도 반쯤 묻혀 있다는 것이다. 주민들 말로는 대체로 곶이 양쪽에서 유실되지만 남쪽과 서쪽의 특정한 지점, 즉 채텀 해변, 모노모이 해변, 빌링스게이트 포인트, 롱 포인트, 레이스 포인트로 점점 더 확장되어 간다고 한다. 과거에 제임스 프리먼은 지난 50년 동안 모노모이 해변이 5킬로미터 이상 늘어났다고 했는데, 지금도 그 속도로 해변이 늘어나고 있다. 지난 세기에 《매사추세츠 잡지(Massachusetts Magazine)》에 투고했던 한 작가는 "영국인들이 이곳에 처음 정착했을 때 채텀에서 15킬로미터 떨어진 곳에 연필향나무나 향나무로 덮인 8헥타르의 웹스섬이 있었다. 낸터킷섬[97] 주민들이 그 섬에 가서 나무를 해 오곤 했다." 그러나 그 작가가 살던 시대에는 물이 11미터 깊이로 들어와 커다란 암석을 보아야 섬의 위치를 알 수 있었다고 덧붙였다. 한때는 이스텀에 있던 노셋항 입구가 이제는 남쪽으로 옮아갔다. 지금은 작은 배들이 웰플릿항의 섬들 사이로 드나들지만 과거에는 이 섬들이 이어져 해변을 이루었다. 그리고 이 해안의 많은 부분도 마찬가지였다.

바다는 곶의 한 부분을 잠식하고는 그것을 다른 곳에다

97 케이프 코드 앞바다의 섬.

쌓아 두는 것 같다. 피터에게 훔쳐서 폴에게 빚을 갚는 이치다. 바다는 동쪽 땅을 모두 잠식한 것 같다. 땅이 깎여 나간 잔해가 파도에 휩쓸려 갈 뿐 아니라 해변의 모래가 45미터나 되는 가파른 둑으로 날아가 그 위로 몇 미터나 쌓여 있다. 가장자리에 앉아서 보면 이런 현상이 눈에 확 들어온다. 이런 식으로 둑이 깎여 나가는 만큼 다른 곳이 높아진다. 모래는 빠른 속도로 꾸준히 서쪽으로 이동한다. 어떤 작가에 의하면 현재 주민들도 모래가 "90미터 이상" 이동한 것으로 기억한다고 한다. 그 결과 어떤 곳에서는 모래 아래 깊숙이 토탄 평원이 있어 토탄이 모래 위로 삐죽 튀어나오기도 한다. 그래서 파도 속에서 커다란 토탄 덩어리가 나타나기도 한다. 나이 많은 굴 채취업자는 오래전에 자신의 집 오른쪽에 있는 대서양 방향에서 "소"가 습지로 빠져 사라져 버렸다고 한 적이 있다. 그리고 20년 전에는 그 습지가 완전히 사라졌다가 그다음에 해변에 그 습지의 흔적이 나타났다고 했다. 또한 날씨가 맑은 날 배 너머로 몸을 기울였을 때 빌링스게이트 포인트에서 5미터 떨어진 만 바닥에서 "수레바퀴만큼 커다란" 삼나무 그루터기가 나타났다고 한다. 그곳은 얼마 전까지만 해도 메마른 땅이었다. 또 다른 사람은 몇 년 전에 트루로 동쪽 항만에 묻혀 있던 긴 통나무 카누가 마침내 대서양 쪽 곶이 아주 좁아지는 곳에서 나타났다고 한다. 곶이 한 바퀴 굴러서 그런 일이 생겼다는 것이다. 한 노파는 이렇게 말했다. "자, 내 말대로 곶이 정말 움직인다니까요."

폭풍이 불 때마다 해안의 모래톱이 움직인다. 모래톱이 완전히 사라지는 곳도 많다. 1855년 7월 파도가 솟구치고 폭풍이 몰아칠 때 우리도 그 영향을 관찰한 적이 있다. 폭풍은 해변 모래를 등대 맞은편으로 움직여 너비 15미터 높이 2미터로 쌓아 두었다. 남쪽과 북쪽 해안을 살펴보았을 때 목격한 것이다. 아무도 모르는 곳으로 모래를 움직여 가 이전에는 보이지 않던 1.5미터나 되는 암석이 드러나기도 하고, 해변은 그만큼 좁아진다.

내가 말했듯이 곶의 뒤편은 보통 역행하는 저류 때문에 물에 잠기지 않는다. 그러나 마지막으로 거기에 갔을 때 석 달 전 이 등대 근처에 있는 길이 3킬로미터, 폭 100미터인 모래톱이 파도에 휩쓸려 가자 해안과 등대 사이에 해수욕하기에 아주 좋은 800미터 정도의 만이 생겼다. 모래톱이 북쪽으로 움직이면 가끔 이 작은 만이 막히기도 한다. 한번은 이 안에서 대구 400~500마리가 갇혀 죽은 적이 있다. 가끔 맑은 물이 흘러들어 오지만 결국 모래에 뒤덮인다. 그러나 이틀이나 사흘 후 이 모래톱이 완전히 없어지고 깊이가 2미터나 되는 물웅덩이가 생겨날 수도 있다고 주민들은 장담했다.

등대지기에 따르면 강풍이 해안 쪽으로 불 때는 둑이 금방 깎여 나가지만 바다 쪽으로 불 때는 모래가 유실되지 않는다고 한다. 바람이 해안으로 불 때는 해안 근처의 해수면이 높아지면서 모래나 그 중간에 있는 것을 모조리 휩쓸어 가는 바람에 해변에서는 걷기조차 힘들어진다. 그러나 바람이 바다 쪽으로 불 때는 수면 아래의 저류가 해안으로 밀려들면서 모래도 해안으로 밀려온다. 그래서 바람이 해안으로 불 때는 조난자가 육지로 오기가 힘들고 오히려 바람이 바다 쪽으로 불 때 육지로 오기가 쉽다. 이 저류는 자신이 만든 모래톱 위에서 바다로 밀려가는 파도와 만난다. 파도는 벽에 부딪치듯이 그 모래톱에 부딪친다. 바다는 고양이가 쥐를 가지고 놀듯이 모래톱을 삼키기 전에 입에 물고 가지고 논다. 바다는 탐욕스러운 동풍을 보내서 육지를 강탈하지만 육지는 바다가 포로를 데리고 멀리 가기 전에 잃어버린 땅을 탈환하기 위해서 정직한 서풍을 내보낸다. 그러나 데이비스 대위에 따르면 모래톱과 둑의 형태, 범위, 빈도를 정하는데 바람이나 파도가 아니라 주로 저류가 중요하다고 한다.

태풍이 직접 해안을 강타할 때 해안에 있으면 나뭇조각 하나 밀려오지 않고, 모든 것이 해안과 평행으로 북쪽으로 휩쓸려 가는 걸 보고 놀랄 것이라고 한다. 이는 만조 때 북쪽으로 몰아치는 연안 내류 때문이다. 아무리 수영을 잘하는 사람도 연안 내류가 있을 때는 해안 근처에도 갈 수 없다고 했다. 커다란 바위도 해안 북쪽으로 800미터나 옮겨졌다. 등대지기는 곶의 둑 쪽에는 파도가 잔잔할 날이 없다고 했다. 보통은 머리 정도 높이로 파도가 쳐서 대부분 배를 띄울 수 없고, 바람이 없는 날에도 파도가 2~2.5미터 높이로 해안에 밀려온다고 했다. 물론 맑은 날에는 배를 타고 떠날 수는 있지만. 1606년에 샹플랭[98]과 푸트랭쿠르[99]가 케이프 코드에 상륙할 수 없었던 것도 바로 그런 큰 파도 때문이었다. 그러나 인디언들이 카누를 타고 그들을 맞이하러 갔다. 1711년 암스테르담에서 출판된 보르드 경의 『카리브 제도 여행기』의 530쪽에 이렇게 쓰여 있다.

98 Samuel de Champlain(1567?~1635): 프랑스의 아메리카 대륙 탐험가로, 프랑스의 캐나다 식민지 초대 총독이었다.

99 Jean de Biencourt de Poutrincourt(1557~1615): 프랑스의 탐험가. 노바스코샤를 발견했다.

카리브 제도의 쿠르몽,[100] 즉 별(신)이 바다에 커다란 방파제를 만들어 카누를 전복시킨다. 모두가 한 덩어리가 되어 해안으로 밀려오며, 바람이 아주 약해도 카누나 조각배가 뒤집히거나 배가 물에 잠겨 육지에 도달한다.

그러나 만 쪽은 해안조차 호수처럼 잔잔하고 조용하다. 그런데도 이 해안에서는 보통 배를 이용하지 않는다. 하일랜드 등대에 배가 있지만 다음에 온 등대지기는 온 지 1년이나 되었지만 해안에서 조금만 벗어나면 고기가 많다면서도 배를 띄우지 않는다고 한다. 파도가 높이 치면 아무리 항해술이 뛰어나도 배를 띄울 수 없고 꼭 필요할 때도 구명정조차 쓸 수가 없다. 다가오는 곡선형 파도가 아치 모양으로 배를 덮쳐서 종종 물에 잠기기 때문이다. 뱃머리가 위로 올라가고 뒤쪽이 가라앉으면서 배에 실린 것이 모조리 쏟아져 나오고, 9미터짜리 돛도 똑같이 파도에 뒤덮인다.

몇 년 전에 웰플릿항 뒤쪽으로 배 두 척을 몰아 낚시를 하러 간 사람들이 있었다. 이들은 물고기를 잔뜩 싣고 육지로 돌아오다가 바람 한 점 없는 바다에서 그런 큰 파도를 만났다. 그들은 육지로 다가올 엄두를 내지 못했다. 처음에는 프로빈스타운 쪽으로 가려고 생각했지만 날이 저무는 데다 거기까지 가려면 몇 킬로미터나 더 가야 했다. 상황이 아주 절망적으로 보였다. 해안에 접근했을 때 그 무서운 파도가 끼어드는 것을 보고 단념했다. 간단히 말해 겁을 먹었다. 마침내 물고기를 모두 배 밖으로 버린 후 적절한 기회를 엿보아 가까스로 육지에

100 파도를 관장하는 별.

도착했다. 이 경우는 기술도 좋고 운도 좋았다. 하지만 이들은 다른 사람들에게 해안에 들어오기에 적절한 때가 언제인지 말해 주지 않았다. 다른 뱃사람들은 경험이 없어서 곧 배가 곤두박질쳤다. 나중에 모두 아슬아슬하게 구조되기는 했다.

훨씬 작은 파도가 밀려와도 배에서는 곧 말 그대로 "못 구멍으로 물이 샌다." 등대지기는 강풍이 한참 분 다음 더 큰 파도가 연달아서 세 번 밀려온다고 했다. 그러고 나면 당분간 더 이상 큰 파도가 오지 않아서 배로 육지에 오려면 마지막에 밀려오는 제일 큰 파도를 타야 한다고 했다. 토머스 브라운 경(존 브랜드가 쓴 『민속 골동품』 372쪽)은 열 번째 파도가 "어떤 파도보다 더 크고 더 위험하다."라는 주제에 대해 오비디우스를 인용한다.

"파도 속에 있어 본 사람은 아홉 번째 파도 다음에 오는 파도가 가장 높이 밀려온다는 걸 안다. 그리고 열한 번째 파도가 온다." 그러고 나서 이렇게 말한다. "그것은 분명히 오류다. 우리가 아무리 부지런하게 해안과 바다를 탐색해도 그런 현상은 어디에서도 볼 수 없다. 원인이 일정하고 결과 역시 일정한 일반적 상호 작용과 달리 파도나 파도의 특정한 운동에서는 어떤 규칙성도 기대할 수 없다. 반면 파도는 바람, 폭풍, 해안, 모래톱 등 중간에 있는 모든 물체에 따라서 불규칙하게 움직인다."

클레이파운스(Clay Pounds)는 "강풍에 배들이 이곳에 부딪쳤기(Pound) 때문에" 그런 이름이 붙었다고 읽었는데, 믿을 수 없는 어원이다. 여기에는 진흙으로 둘러싸인 작은 연못들이 있고 그 연못들을 진흙 웅덩이라고 했다. 아마도 진흙 웅덩이나 진흙 연못(Clay Pound)이 클레이파운스의 어원일 것이다. 물은 진흙 표면에만 있다. 그러나 근처 모래밭 연못에 빠졌다가 "별이 다 나와 빛난 후에야" 발견된 사람 이야기를 들은 적이 있다. 이 황량한 고지에는 바람이 씽씽 분다. 7월에도 칠면조가 머리를 들지 못할 지경으로 바람이 분다. 강풍이 불면 문이고 창문이고 모조리 열린다. 대서양으로 날아가지 않으려면 등대를 꼭 붙잡고 있어야 한다. 겨울에 폭풍이 불 때 해변에 나가 있다가는 가끔 자선 단체의 구호 대상이 되기도 한다. 태풍의 힘을 충분히 느끼고 싶다면 워싱턴산 꼭대기나 트루로의 하일랜드 등대로 가면 된다.

1794년에 반스터블 카운티 중에서도 특히 트루로 동쪽 해안에서 배가 여러 척 난파당했다. 이 등대가 세워진 뒤에도 폭풍이 불 때마다 여기서 배가 한 척이나 여러 척이 함께 난파당했다는 기사가 실렸다. 때로는 한 번에 열두어 척의 배가 난파당한 적도 있었다. 여기 사는 사람들은 난롯가에 앉아서 배가 산산조각 나는 소리를 듣기도 한다. 이들은 대다수가 기억에 남을 만한 난파 사건이 일어난 이후 쭉 여기에 살았다. 이 해안의 역사를 처음부터 끝까지 쓸 수 있다면 상업사에서 가장 소름끼치는 페이지가 될 것이다.

트루로에는 1700년부터 사람들이 살기 시작했고 데인저필드로 불렸는데 어울리는 이름이다. 파멧 근처의 묘지에서 다음과 같은 묘비명을 읽었기 때문이다.

> 트루로의 시민 57명을
>
> 추모하여 바친다.
>
> 이들은 1841년 10월 3일,
>
> 일곱 척의 배를 타고 오다

잊을 수 없는 폭풍에 침몰해 실종되었다.

묘비 뒤에 가족별로 이름과 나이가 기록되어 있다. 그들은 조지스뱅크에서 실종되었다. 배 한 척만 곶 뒤쪽 해안으로 떠내려 왔다고 한다. 그 배의 선실에는 소년들이 익사한 채 갇혀 있었다. 모든 사망자가 "주변 1.5킬로미터 내에" 살던 사람이었다. 바로 그 폭풍에 데니스 주민 스물여덟 명이 사망했던 것이다. "이 폭풍이 지나간 직후 하루 만에 거의 아니, 정확히 100구의 시체를 인양해서 매장했다."라는 기록이 남아 있다. 선장이 모두 죽는 바람에 트루로 보험 회사가 몰락했다. 그러나 살아남은 사람들은 그다음 해에 보통 때처럼 다시 고기잡이에 나섰다. 이곳에서는 가족 중 누군가가 바다에서 죽었기 때문에 난파는 부적절한 화제다. "저 집에 누가 사나요?"라고 물으면 돌아오는 답은 "과부 셋이 산다."였다. 같은 해안을 바라보더라도 이방인과 주민의 관점은 서로 아주 다르다. 이방인은 폭풍우 치는 바다를 찬양한다. 그러나 주민은 그 장면을 보면서 가까운 친척의 조난을 떠올린다. 한 노인이 둑가에 앉아 마른 풀을 말아서 담뱃불을 붙이는 참이었다. 그는 조난당해 한쪽 눈이 멀었다. 파도 소리 듣는 것을 좋아하는 것 같다고 말을 걸자 이렇게 대답했다. "아니오, 파도 소리가 싫소." 그는 "잊을 수 없는 그 폭풍에" 아들을 하나 이상 잃었고 거기서 본 여러 척의 난파선에 대해 이야기해 줄 수 있다고 했다.

1717년에 벨러미라는 해적이 훔친 작은 돛단배를 웰플릿의 모래톱까지 선장이 데려다주자, 프로빈스타운 항구까지 배를 더 몰아 주면 선장에게 배를 주겠다고 제안했다. 전해 내려오는 이야기로는 선장이 밤 바다에 불타는 타르 통을 던졌고 해적들이 해안 쪽으로 떠내려가는 그 통을 따라갔다고 한다. 폭풍이 불어닥쳤고 해적 일당은 모두 조난당했다. 해안에는 100구가 넘는 시체가 누워 있었다. 난파를 피한 사람은 여섯 명이었는데 그들은 처형당했다. 웰플릿의 역사가는 이렇게 적는다. "오늘날까지 가끔 윌리엄왕 동전이나 메리 여왕 동전을 주울 수 있고 금화나 은화도 보인다. 바다가 난폭하게 요동치면서 모래를 바깥 모래톱으로 옮겨 놓았고 그래서 때로는 그 배(벨러미의 배)의 선실이 보이기도 한다." 또 이렇게 말하는 사람도 있다. "이때의 난파 후 몇 년이 지난 다음 아주 무섭게 생긴 낯선 사람이 매년 봄과 가을에 이 곳을 찾는데, 벨러미의 해적 중 한 사람으로 보였다. 여기 어딘가 돈을 숨겨 놓고 필요할 때 가져가는 것 같았다. 그가 죽었을 때 늘 차고 다니던 허리띠에서 금화가 쏟아져 나왔다."

마지막으로 그곳에 갔을 때 조개나 조약돌을 찾으며 해변을 걷고 있었다. 아까 말한 대로 폭풍이 불어 모래가 옮겨진 직후라 금화나 은화를 찾으리라고는 생각조차 안 했는데 정말로 둑 아래쪽에 갑자기 굴이 나타났고 아직도 축축한 모래 위 최고 수위선 근처에서 프랑스 은화 한 닢을 주웠다. 1달러 6센트 정도 가치가 있는 것이었다. 검은 석판색으로 평평한 조약돌처럼 보였지만 루이 15세의 잘생긴 얼굴이 아직도 아주 또렷하게 보였다. 동전 뒷면에는 흔히 볼 수 있는 어구인 "주군의 이름에 축복이(Sit Nomen Domini Benedictum)"라고 쓰여 있었다. 뭐라고 쓰여 있든 해안의 모래 속에서 나온 글씨를 읽는 건 즐거운 일이었다. 그리고 1741년이라는 연도도 알아볼 수 있었다. 물론 처음에는 흔히 줍는 단추인 줄 알았으나 칼로 긁자 곧 은이 나타났다. 후에 썰물이 되었을 때 모래톱을 걸으면서 둥근 조개껍질을 주워 친구를 속였다. 그가 얼른 그것을 빼앗더니 겉을 벗겨 본 후 돌려주었다.

혁명 당시 영국 소머셋 전함이 클레이파운스 근처에서 난파되었고 배에 있던 수백 명이 포로가 되었다. 내게 이야기해 준 사람은 역사에 기록되어 있지는 않지만 어쨌든 포로 중 한 사람이 거기에 은시계를 흘린 것을 알고 있다고 했다. 그 시계가 아직도 작동하며 그 난파에 대해 이야기해 주고 있다는 것이었다. 이 사건은 몇몇 작가의 주목을 받았다.

그다음 해 여름에 바로 이 해안에서 닻과 닻줄을 찾으러 채텀에서 온 범선을 보았다. 그 범선은 여러 항로를 훑고 다니다가 보트 여러 척을 바다로 내려보냈다. 무언가를 발견하면 멈추어 서서 배 위로 끌어 올렸다. 오늘같이 쾌청한 날 규칙적으로 보수를 받고 고용되어 이미 사라진 닻을 찾으러 다니다니 정말 특이한 직업이다. 선원들의 가라앉은 희망과 믿음에 의지하고 있지만 가능성은 없어 보인다. 이제 아마 200년이나 지난 낡은 옛 해적선의 끊어진 닻줄이나 노르만 어부의 녹슨 닻이 나올 수도 있을 것이다. 그리고 때로는 근처를 오가던 광둥 상선이나 캘리포니아 상선에 있던 최고급 이물 닻이 나올 것이다. 만일 정신적 바다의 정박지에서도 이렇게 닻을 끌어올릴 수 있다면 불운하고 헛된 희망과 끊어진 사슬 같은 믿음이 얼마나 많이 올라오겠는가! 아무리 많은 잠수부가 찾고 새로운 해군이 투입되어도 끝없이 닻과 닻줄이 계속 나올 것이다. 바다의 바닥으로 가면 닻이 깊은 곳에 몇 개씩 얕은 곳에 몇 개씩 흩어져 있을 것이고 어떤 것은 모래에 덮여 있고 어떤 것은 드러나 있을 것이다. 아마도 어떤 닻에는 아직도 쇠닻줄이 짧게 매달려 있을 것이다. 그 끝은 어디일까? 아직도 끝나지 않은 이야기의 속편이 이어질 것이다. 정신의 바다에서 사용할 수 있는 잠수종이 있다면 닻줄에 매달린 닻을 볼 수 있을 것이다. 식초 속에서 밖으로 나오려고 마구 꿈틀거리는 장어만큼이나 두꺼운 닻줄이 매달려 있을 것이다. 그러나 그것은 다른 사람이 잃은 보물일 뿐 우리 소유물이 아니다. 오히려 우리는 다른 사람들이 발견한 적이 없거나 발견할 수 없는 것을 찾아야 한다. 닻을 찾는 채텀 사람들이 되어서는 안 된다.

해변의 기록 속에 있는 수많은 사연들! 난파당한 선원 말고 누가 그것을 기록할 수 있을까? 얼마나 많은 사람이 위험이나 고통 속에서 난파 장면을 보았을까? 살아서 마지막으로 좁고 긴 해안을 보지 않았을까? 하나의 해안이 목격했을 고통의 양을 생각해 보라. 고대인이라면 그것을 스킬라와 카리브디스[101]보다 더 무서운 바다 괴물로 표현했을 것이다. 트루로에 살던 사람이 해 준 이야기이다. 세인트 존호가 코하셋에서 난파된 후에 클레이파운스에서 시체 두 구를 발견했는데 물에 불은 남녀였다고 한다. 남자는 두꺼운 부츠를 신고 머리가 잘려 있었다. 하지만 "머리가 옆에 있기는 했다." 시체를 발견한 주민은 몇 주가 지나서야 그 충격을 극복했다. 아마도 두 사람은 남편과 아내였을 것이다. 신이 그들을 결합시켜 주었고 파도도 그들을 떼어 놓지 못했다. 그러나 처음에는 아주 우연히 함께 떠내려 오게 되었을 것이다. 같은 배 승객 중 몇 사람의 시체는 먼 바다에서 인양해 와 관에 넣어 수장했다. 시체 몇 구는 해안가에 매장되었다. 난파 후에는 보험 회사 직원들

101 스킬라는 바위에 사는 여자 괴물, 카리브디스는 소용돌이를 일으키는 여자 괴물로, 그리스 신화에 등장한다.

이 생각지도 못한 일도 발생한다. 몇몇 시체는 멕시코 만류를 타고 고향으로 돌아가기도 하고 바다의 아주 외진 동굴로 흘러 들어가기도 한다. 그곳에서는 시간이 흐르고 여러 요소가 결합되면 그들의 뼈에 새로운 수수께끼가 새겨질 것이다. 하지만 다시 육지로 돌아오지는 못할 것이다.

여름에는 진흙 위에 있는 30미터 정도의 이 둑에 갈색 제비 구멍이 250개나 보인다. 그것의 세 배 되는 공간에서는 적어도 1000여 마리의 새들이 파도 위에서 지저귄다. 전에는 해변에 새가 있으리라고는 생각도 못 했다. 새 둥지를 뒤지던 꼬마 아이는 알을 80개나 주웠다! 동물 보호 단체에는 비밀이다. 그 아래 진흙에는 수많은 아기 새들이 둥지에서 떨어져 죽어 있었다. 또한 메마른 들판에서는 검은찌르레기사촌이 뛰어다니고 고지대 물새가 등대 바로 옆에서 피를 흘리고 있었다. 잔디를 깎던 등대지기가 알을 품고 있던 새의 날개를 자르고 지나갔기 때문이다. 이곳은 봄에 사냥꾼이 검은가슴물떼새를 사냥하기에 좋은 곳이다. 연못 주위에는 잠자리와 나비가 보인다. 놀랍게도 가을이면 여기서 내 손가락만 한 잠자리가 끊임없이 둑 아래위로 날아다니고 나비도 날아다닌다. 이 해변처럼 벌레가 많고 다양한 종류의 풍뎅이가 있는 곳은 처음 보았다. 밤에 여기로 날아온 게 분명한 이 곤충들은 모두 죽어 있었다. 몇 마리는 바다에 빠졌다가 파도를 타고 해변으로 밀려왔을 것이다. 아마도 등대의 불빛에 이끌려 여기로 왔을 수도 있을 것이다.

클레이파운스 주변의 땅은 보통의 땅보다 기름지다. 여기서는 곡물과 뿌리 작물이 아주 무성하게 자란다. 곶의 식물들은 전반적으로 줄기나 잎은 보잘것없지만 씨앗은 아주 굵다.

옥수수는 내륙의 옥수수에 비해 키는 반밖에 안 되지만 알이 굵고 알차다. 한 농부의 이야기에 따르면 비료를 주지 않고 1에이커당 1톤을 수확했고, 비료를 주었을 때는 1.6톤을 수확했다고 한다. 호밀 이삭 또한 눈에 띄게 크다. 채진목, 비치플럼, 블루베리도 사과나무나 떡갈나무처럼 키가 아주 작기에 모래 위에 붙어서 퍼져 나가지만 열매가 주렁주렁 열린다. 블루베리는 높이가 3~5센티미터밖에 안 되고 때로는 열매가 거의 땅에 붙어 있다. 그래서 이 황량한 언덕에서 블루베리 관목을 직접 발로 밟기 전에는 거기 있으리라고는 생각조차 못할 것이다. 이곳이 이렇게 기름진 이유는 주로 습한 대기에 있는 게 분명했다. 여기서는 아침이면 아주 어린 풀잎에도 이슬이 아주 많이 맺혀 있다. 여름이면 종종 한낮까지 눈앞을 가리는 짙은 안개가 끼고 턱수염은 젖은 턱받이처럼 축축해진다. 이곳에 오래 산 주민조차 집 근처에서 길을 잃고는 해변을 길잡이 삼아 걸어가야 한단다. 여름에는 등대 부속 건물인 벽돌집에 종이를 두면 눅눅해질 정도로 너무 습하다. 목욕한 다음 수건을 말릴 수도 없고 꽃을 만지면 손에 까만 곰팡이가 묻어나고 대기가 물기를 머금고 있어 목마를 일이 없을 정도였다. 입에는 내내 소금기가 있다. 식사 때는 소금을 거의 사용하지 않을뿐더러 등대지기 말로는 가축조차 소금을 먹으려 들지 않는다고 한다. 가축 여물에 소금기가 있는 데다 숨을 쉴 때마다 소금기를 마셔서 그렇다는 것이다. 하지만 아픈 말이나 시골에서 막 온 말은 소금물을 실컷 마시는 걸 좋아할 뿐 아니라 더 건강해졌다고 한다.

7월 초 모래밭의 바다 미역취 봉오리에 물기가 얼마나 많은지, 순무와 비트와 당근이 어떻게 물기 하나 없는 모래밭에서 사는지 알고 깜짝 놀랐다. 우리보다 조금 전 근처 해변을 거닐던 남자가 물기 하나 없는 모래밭에서 무언지 모를 초록색 식물이 최고 수위선까지 자란 것을 보고 다가가 보니 싱싱한 비트밭이었다고 한다. 아마도 프랭클린에서 비트 씨가 밀려온 것이리라. 또한 비트와 순무는 곳에서 거름으로 사용되는 해초 사이에서도 자라난다. 이걸 보면 얼마나 다양한 식물들이 먼 섬과 여러 대륙에 이르기까지 온 세상에 퍼져 자라는지 알 수 있다. 특정한 항구로 가는 배들이 도착지에서는 필요하지도 않을 씨앗을 짐 속에 싣고 가다가 황량한 섬에 표류하게 되었을 때 선원들은 모두 죽어도 그 씨앗 중 일부가 보전되어 식물로 자라나게 되었을 것이다. 다양한 씨앗 가운데 몇 종만 마침내 자신에게 맞는 토지와 기후를 발견해 뿌리를 내리고 아마 토착 식물을 몰아내기까지 한 것이리라. 그래서 사람이 살기에 적합한 곳이 되었을 것이다. 때로는 불행조차 득이 된다. 그리고 당분간 이런 식으로 난파 덕분에 대륙에 새로운 식물군이 늘어날 테고 그곳 주민들에게 지속적인 축복이 될 것이다. 아니면 인간이 개입하지 않아도 바람과 파도로 인해 같은 결과에 이르렀을 것이다. 옛날에 미지의 프랭클린에서 파도를 타고 떠내려온 씨앗들이 해변에서 자라나 연한 순무나 비트가 자라는 밭이 된 게 아닐까? 아니면 벨(?) 씨가 키우는 방법이 꼼꼼하게 적힌 겨자, 솔장다리, 벼룩이자, 피, 통통마리, 월계수 열매, 모래풀 등을 방주에 싣고 이런 식으로 항해해 어딘가에 종묘원을 만들려고 했던 것이 아닐까? 그리고 그는 실패했다고 생각했지만 종묘원이 생긴 게 아닐까?

여름이면 등대 주변에서 예쁜 애기풀을 보았다. 북쪽에서 자라지 않는다는 청미래덩굴과 흰초원엉겅퀴가 땅 위에 바짝

붙어 빛처럼 퍼져 나간다. 800미터쯤 남쪽으로 가면 둑가에 덩굴 월귤도 있다. 매사추세츠주에서는 오직 플리머스에서만 덩굴 월귤이 자라는데, 지름 120~150센티미터, 높이 30센티미터의 초록 언덕을 형성한다. 이게 여행자에게는 부드럽고 푹신한 침대처럼 보인다. 나중에 프로빈스타운에서 그런 언덕을 보았다. 여기서는 날씨가 좋은 날엔 거의 모든 모래밭에 무척 예쁜 다홍색 뚜껑별꽃이나 별봄맞이꽃이 피어 사람들을 반갑게 맞이한다. 나는 야머스[102]에서 국화와 크랜베리만 한 비식용 월귤이 달린 월귤나무를 받았다.(9월 7일)

우리가 머물렀던 하일랜드 등대는 모자 모양 쇠지붕이 있는, 흰색 칠이 된 거대한 벽돌 건물이다. 등대 옆에는 등대지기의 집이 있는데, 이곳 또한 1층짜리 벽돌집으로 정부에서 지어 준 것이다. 우리는 등대에서 하루를 보낼 것이기에 그런 새로운 경험을 마음껏 즐기고 싶었고 그래서 등대지기가 등대에 불을 밝히러 갈 때 함께 따라가고 싶다고 말했다. 그는 약간 이른 시간에 등을 켜기 위해 등대로 가면서 작은 일본등을 켠 후 우리더러 자기를 따라오라고 했다. 그 등에서는 보통 괜찮다고 생각하기 어려울 정도로 상당한 연기가 났다. 그는 우선 등대에 딱 붙은 자신의 침실을 가로질러 앞장섰다. 그러고 나서 감옥으로 들어가는 것처럼 흰색 벽 사이에 있는 지붕 덮인 길고 좁은 통로를 통과해서 아래층으로 내려갔다. 그곳에는 벽을 따라 커다란 기름통이 둥글게 쌓여 있었다. 그런 뒤 우리는 야외에 있는 나선형 계단으로 올라가서 철제 바닥에 나 있는 천창 문을 열고 위로 올라갔다. 그사이에도 등에

102 케이프 코드에 있는 작은 도시.

서는 계속 연기가 점점 더 나고 기름 냄새도 났다. 그곳은 모든 것이 질서 정연하게 정돈되어 있는 깔끔한 건물로 전혀 위험하지 않았다. 기름이 부족하여 녹슨 곳이 더러 있을 뿐이었다. 그 등대 안에는 열다섯 개의 원통형 등이 있었다. 그 등들은 직경 53센티미터 정도 되는 매끈한 오목 렌즈 반사경들 안에 두 줄로 나란히 늘어서 있었다. 반사경들은 곳 바로 아래를 제외하고는 사방을 비추었다. 반사경들은 60 내지 90센티미터 거리를 두고 커다란 판유리 창문에 둘러싸여 있었다. 쇠로 된 창틀을 두른 이 튼튼한 창문 덕분에 폭풍에도 끄떡없었다. 그리고 이 창문 위에 모자 모양 쇠지붕이 얹혀 있었다. 바닥을 제외하고는 모든 철제품이 흰색으로 칠해져 있었다. 등대는 이렇게 지어져 있었다. 우리는 등을 하나씩 하나씩 밝히는 등대지기와 함께 천천히 등대를 돌았다. 많은 선원들이 바다에서 하일랜드 등대가 켜지는 모습을 목격한 그 순간에 우리는 등대지기와 이야기를 나누었다. 그의 임무는 등에 기름을 채우고, 등을 청소하고, 등에 불을 붙이고, 반사경들이 항상 밝게 빛날 수 있게끔 하는 것이었다. 그는 아침마다 등에 기름을 채우고, 보통은 밤에 한 번씩 등을 청소했다. 그는 공급받는 기름의 품질에 대해 불평을 했다. 이 등대에서는 1년에 800갤런쯤 기름을 사용하는데, 1갤런당 1달러도 안 되는 저질 기름이라고 했다. 그런데 만약 더 좋은 기름을 공급받을 수만 있다면 몇 사람의 목숨을 더 구할 수 있으리라고 했다. 후에 또 다른 등대지기가 말하길, 가장 북단에 있는 등대나 가장 남단에 있는 등대나 겨울을 나기에 힘들 정도로 부족한 기름이 똑같은 비율로 공급된다고 했다. 예전에는 이 등대에 얇은 유리로 된 작은 창문이 나 있어서 폭풍이 심하게 불 때면 종종 유리가 깨지고 그래서 등과 반사경을 보호하기 위해 서둘러 목재 덧문을 덧대야 했다. 그러나 이런 식의 조치를 하자 때때로 폭풍우가 몰아칠 때, 즉 선원들이 등대의 인도를 가장 필요로 할 때, 등대는 아스라이 희미한 불빛만 비추었고, 그나마도 보통 육지나 대피소 쪽만 비추었다고 한다. 등대지기는 춥고 폭풍우 치는 겨울밤에, 수많은 불쌍한 사람들이 자신에게 의지하고 있다는 사실을 알고 있음에도 등은 희미하게 불타고, 기름이 얼어서 느꼈던 불안과 책임감에 대해서도 이야기를 했다. 때때로 그 등대지기는 한밤중에 자신의 집에서 주전자에 기름을 데워 다시 등에 기름을 채워야만 했다. 등대에서 난로를 피우면 창문에 김이 서리기 때문에 그곳엔 난로를 둘 수가 없었다. 나중에 후임자 등대지기는 기름을 데울 때조차 난로를 충분히 따뜻하게 땔 수 없었다고 말했다. 이 모든 것이 기름이 부족해서였다. 겨울 해안의 선원들에게 빛을 비추는 등대의 비용을 아끼기 위해서 정부는 여름에나 적합한 양의 기름을 제공하다니! 그것은 확실히 여름에나 어울릴 법한 자비였다.

다음 해에 친절하게 대답해 준 등대지기의 후임자는 아주 추운 밤인데도 자신과 이웃 등대에서는 여름에나 쓸 법한 정도의 기름을 태울 수밖에 없었고, 불안해서 일어나 보니 기름이 모두 얼고 등대는 거의 꺼져 있었단다. 그러나 그는 신중하게 겨울의 비상사태에 대비해 기름을 약간 비축해 놓았더랬다. 몇 시간을 애쓴 끝에 겨우 겨울용으로 비축해 둔 기름을 부어서 심지에 어렵사리 불을 붙여 다시 등을 밝힐 수 있었다. 그가 이웃의 다른 등대를 둘러보았을 때, 여느 때 보이던 등대의 불빛이 다 사그라져 있었다. 나중에 그는 파멧리버 등대와 빌링스게이트 등대의 불도 나갔다고 들었다.

등대지기는 창문에 서리가 생기면 아주 힘들고, 무더운 여름에는 나방이 창문을 뒤덮어서 빌링스게이트 등대의 빛을 흐리게 한다고 말했다. 때로는 작은 새들이 두꺼운 판유리에 부딪혀 아침에 목이 부러진 채로 땅에 떨어져 있기도 한단다. 1855년 봄에는 열아홉 마리의 작은 노랑새들이 등대 주위에 죽어 있었다. 아마도 검은방울새나 솔새였을 것이다. 가끔 가을에는 황금색 물떼새가 밤중 유리에 부딪혀서 유리창 위에 가슴 털과 기름진 가슴살 일부를 남겨 놓은 모습을 본 적도 있다고 했다. 이처럼 그는 선원들에게 빛을 비춰 주기 위해서 갖은 방법을 동원해 가며 고투해 왔다. 등대지기라는 직업은 단순할지는 모르지만 분명히 책임감을 느껴야 하는 일이다. 등이 꺼지면, 그 또한 정신을 잃는다. 혹은 잘해야 그런 경우에만 용서를 받을 수 있다.

가난한 학생이 등대에 살면서 등댓불을 이용하지 않는 건 애석한 일이다. 왜냐하면 등댓불을 쓰더라도 그가 선원들의 것을 훔치는 건 아니기 때문이다. "저 아래쪽이 시끄러울 때면 난 가끔 여기로 올라와서 신문을 읽죠." 그가 말했다. 열다섯 개의 원통형 등을 밝혀 신문을 읽다니! 정부의 기름으로! 이 불빛은 헌법을 읽기에도 충분한 불빛인데! 등대지기가 이 불빛으로는 성경을 읽어야 한다는 생각이 들었다. 내 급우였던 이가 등대 불빛으로 공부를 했더라면 충분히 대학에 들어갔을 것이다. 등대가 물론 대학보다 훨씬 더 환하겠지만.

우리가 거기서 내려와 등대로부터 60미터 남짓 걸었을 때, 등대와 해안 사이의 좁은 길에서는 등대 빛을 충분히 받을 수 없다는 사실을 알았다. 그곳은 불빛이 또렷이 비추기에는 너무 낮았고, 우리에게는 희미한 별빛만 비쳤다. 하지만 내륙 쪽으로 200미터 가면 등대의 등이 하나만 비쳐도 책을 읽을 수 있을 것이다. 두 개의 반사경이 각각 다른 곳에 "부채" 모양으로 빛을 내보낸다. 반사경 하나는 풍차 위로, 다른 하나는 계곡으로 빛을 비춘다. 그 사이의 공간은 깜깜하다. 바다 위 4.5미터 되는 곳에서 보면, 20해리 떨어진 곳에서도 그 반사경의 빛이 보인다. 우리는 회전하는 빛을 약 9마일 떨어진 케이프 코드 끝에 있는 레이스 포인트에서 볼 수 있고, 롱 포인트 등대를  프로빈스타운 항구 입구에서 볼 수 있다. 롱 포인트와 거의 나란히 있지만 만을 건너 멀리 있는 플리머스 항구의 등대는 지평선 위에 뜬 별처럼 보인다. 등대지기는 다른 플리머스 등대는 롱 포인트 등대와 정확하게 겹쳐서 안 보인다고 생각했다. 그가 해 준 이야기로는, 고등어잡이 어선은 밤에 전복될까 봐 걱정이 되어서 배에 등을 밝히는데, 선원들이 종종 이 불을 등대로 착각해서 헤매거나 또는 오두막에서 불을 켠 것인데 선원들은 이걸 익히 아는 해안의 등대로 오해해서 방황한다고 했다. 선원들이 자신의 실수를 깨닫고 나면 괜히 신중한 어부나 밤에 깨어 있는 오두막 주인을 저주하기도 한다고 했다.

신이 등대를 세우라고 일부러 이런 진흙 둑을 만들어 주었다고들 말하지만, 등대지기는 반 마일쯤 더 남쪽에 세워졌어야 한다고 했다. 그곳은 해안선이 휘기 시작하는 곳으로, 거기에 이 등대가 있으면 선원들이 노젯에 위치한 다른 등대들의 빛과 함께 이 등대의 빛도 받을 수 있기 때문이다. 이제야 거기에 등대를 하나 세우자며 논의가 이뤄지고 있다. 현재 이 등대는 케이프 코드의 끝에 있는 데다가, 거기에 이미 다른 등대들이 많이 서 있어서 이제는 더욱더 쓸모가 없어졌다고 한다.

등대 벽의 게시판에는 여러 가지 지침이 적혀 있는데 만일 연대 정도의 인력이 여기에 머문다면 아주 훌륭할 만한 지침이다. 그중 하나를 보니 등대지기가 하루 내내 등대 앞을 지나가는 배의 숫자를 세어야 한다는 것이었다. 그러나 한 번에도 100여 척의 배가 사방으로 가는 데다 그중 대다수가 수평선에 붙어 있다. 그 배의 수를 헤아리려면 등대지기가 아르고스[103]보다 더 많은 눈을 가져야 하고 훨씬 멀리까지 보아야 한다. 어떤 면에서 이것은 해안 위아래로 날아다니고 바다 위를 빙빙 도는 갈매기에게 가장 적합한 일이다.

후임 등대지기에게 들은 이야기로는 그다음 해 6월 8일, 아주 화창하고 아름다운 날 일출 30분 전에 일어나서 서둘러 습관대로 일출에 맞춰 등불을 끄러 해안으로 내려갔다고 한다. 거기서 의외의 광경을 마주했다. 그가 둑에 도착해 하늘을 봤더니 놀랍게도 해가 벌써 떠서 지평선 위로 올라오고 있었다. 자신이 시계를 잘못 보았나 보다 생각하고 서둘러 갔다. 그리고 시계를 다시 봐도 아직 이른 시간이었지만 일단 등불을 껐다. 그가 일을 마치고 내려오면서 창밖을 보았는데, 여전히 아까와 마찬가지로 해가 수평선의 3분의 2 정도 위로 떠 있었다. 그는 햇빛이 방을 가로질러 벽에 비쳤다며 내게 그곳을 가리켰다. 그는 난로를 지피기 시작했고, 그 일이 끝났을 때도 해는 여전히 같은 높이로 떠 있었다. 그래서 더 이상 자신의 눈을 믿을 수 없어서 아내를 불러 한번 보라고 했고, 그의 아내 역시 같은 광경을 보았다. 바다에 배들이 떠 있고 배에 햇살이 비쳤으니 선원들도 해를 보았을 게 틀림없다고 했

103 그리스 신화에 나오는 100개의 눈을 가진 거인.

다. 해는 15분 동안 그 높이에 머물다가 보통 때처럼 다시 떠올랐다. 그날 다른 이상한 일은 없었다. 바다에 익숙하기는 하지만 그는 이런 광경을 전에 목격한 적도, 본 적도 없었다. 나는 그가 보지 못했지만 수평선에 구름이 걸려 있었을 수도 있고, 가령 그 구름이 해와 함께 떠올랐을 수도 있다고 말해 주었다. 그런데 그는 자신의 시계가 아주 정확했고 그럴 가능성은 없다고 단호히 말했다. 그렇다면 그것은 슈페리어호나 다른 곳에서 일어났다고 전해지는, 해가 불쑥 나타나는 현상인지도 모르겠다. 예를 들어, 존 프랭클린 경은 어떤 글에서 자신이 북극해변에 있었을 때 어느 날 아침 수평선의 굴절이 너무나 달라서 "일출 전에 해의 윗부분이 지평선에 두 번 나타났다."라고 언급한 바 있다.

사람들 대다수가 흐릿하게 보이는 해를 보거나 일출 1시간 후에도 해를 보지 못하는데, 이런 현상을 본 그는 오로라[104]의 아들임에 틀림없다. 그러나 등대 일은 해가 불쑥 나타나는 데에 맡길 일은 아니고, 전문적인 등대지기가 등불을 청소하고 마지막 순간까지 불이 타도록 해야 하는 일이다.

이 등대지기는 불꽃 중심을 정확하게 반사경 중심의 맞은편에 두어야 한다고 말했다. 그렇게 하면 등대지기가 오전에 심지를 내려놓지 않고 갈 경우, 건물 왼쪽에 있는 반사경에 해가 비쳐 돋보기 역할을 하게 되고, 급기야 가장 추운 날에도 심지에 불이 붙는다는 것이다. 등대지기가 오후에 등대를 올려다보면 등불이 환하게 빛난다! 등대는 빛을 비출 준비가 되면 늘 기꺼이 빛을 받지만, 이번에는 해가 불을 붙인 것이다.

104 로마 신화에 나오는 새벽의 여신.

그의 후임 등대지기에 따르면 그런 경우에 등불이 활활 타오르지는 않고 단지 연기나 그을음이 생기는 정도라고 했다.

이곳이 경이로 가득 찬 장소임을 알았다. 내가 지난여름 거기 있는 동안 일어난 일인데, 파도가 휘몰아치거나 안개가 살짝 끼면 분명히 머리 위에 등대가 있는데도 100미터밖에 안 떨어진 둑 가장자리가 지평선에 있는 산의 목초지처럼 보였다. 나는 그 현상에 완전히 속았는데 그때야 왜 선원들이 그런 경우에, 특히 밤에 육지를 볼 수 있는 위치에서 해안이 멀리 있다고 생각하고 달려오는지 이해할 수 있었다. 이런 일이 일어난 다음에 한번은 여기에서 200마일이나 300마일 떨어진 곳에 있는 커다란 굴잡이 배에 올라탔다. 육지에 살짝 안개가 끼고 우리 선장은 그 사실을 아는데도 육지로 거의 돌진할 뻔했다. 바로 옆에서 들려오는 파도 소리를 듣고서야 처음으로 위험을 감지했다. 나는 거의 해안으로 튕겨져 나갈 수도 있었는데, 해안에 부딪히는 것을 피하기 위해 갑자기 뱃머리를 돌려야만 했다. 우리는 등대가 4~5킬로미터나 6킬로미터 정도 떨어져 있다고 생각하고 멀리 있는 빛을 향해 노를 저어 갔는데, 불과 30미터도 안 되는 곳에서 선실 틈으로 등대 불빛이 새어 들어왔다.

등대지기는 자신의 외딴 바닷가 집에서 우리를 아주 환대해 주었다. 그는 인내심 강하고 지적인 사람으로, 우리의 질문이 그에게 부딪히면 종처럼 맑은 소리로 대답했다. 1미터 정도 떨어져 있는 등대 불빛이 내 방을 완전히 환하게 비춰서 대낮처럼 만들었고, 하일랜드 등대가 밤마다 어떻게 바다를 지키는지 정확하게 알게 되었다. 그리고 나 또한 침몰할 위험은 없었다. 지난해와 달리 그날은 여름밤처럼 고요했다. 거기 누워서 나는 반은 깨고 반은 잠든 상태로, 내 머리 위쪽 창문으로 들어오는 빛을 올려다보면서 바닷가 저 멀리서 얼마나 많은 잠들지 못한 사람들이, 즉 불침번을 서는 여러 나라의 선원들이 모험담을 늘어놓으며 나의 침소를 향해 오고 있을까 하는 생각이 들었다.

옮긴이의 말

# 자연의 잠재성을 응시하는 눈

헨리 데이비드 소로는 미국의 대표적인 초월주의 철학자이자 시인이다. 그는 1817년 2월 12일 미국 매사추세츠주 콩코드에서 태어났고, 아버지는 연필 공장을 운영했으며 형제로는 형인 존과 누나 헬렌 그리고 여동생 소피아가 있었다. 소로는 하버드 대학교에 진학해 독일어, 그리스어, 라틴어를 공부했다. 1837년 하버드 대학교를 졸업하고 형인 존과 함께 1838년 학교를 세우고 학생들을 가르치기는 했으나 몇 년 뒤 형의 건강이 악화되자 학교 문을 닫고 잠시 아버지 공장에서 일했다. 그 후 1845년 월든 호숫가에 손수 오두막을 짓고 자립적인 삶을 실천했는데, 그 경험을 바탕으로 대표작 『월든(Walden)』을 쓰게 된다.

소로의 일생에서 가장 중요한 사건은 평생의 멘토이자 친구인 에머슨(Ralph Waldo Emerson, 1803~1882)과의 만남이었다. 그는 에머슨을 통해 초월주의를 접하고, 마거릿 풀러(Margaret Fuller), 아모스 브론슨 올콧(Amos Bronson Alcott) 같은 초월주의자들과 교류하게 되었으며 엄격한 철학이라기보다는 철학적, 문학적, 정치적 운동에 가까운 초월주의를 대표하는 인물이 되었다. 초월주의는 영국과 독일의 낭만주의, 칸트의 초월주의와 독일 관념주의, 우파니샤드 등의 힌두 성전의 영향을 받아 1830년대 미국에서 생겨난 사상이다. 이 사상에서는 객관적인 경험론보다 개인의 주관적인 직관을 강조한다. 자연을 볼 때도 객관적인 실체로서의 자연이 아니라 자연에 스민 신성을 감지하는 것을 인식의 핵심으로 친다. 이처럼 정신적 각성을 중시하는 초월주의의 중심에는 항상 개인이 있다. 인간은 "자립적"이고 독립적일 때 최선이라고 보며, 제도는 순수한 개인을 부패시키는 것으로 간주한다. 초월주의가 지닌 또 하나의 특징은 실천을 중시하는 점이다. 대부분의 철학자들은 이론으로 시작해서 실천 방안을 찾는 데 반해, 초월주의자들은 그 반대다. 그들은 실천으로 시작한 다음, 그 실천을 이론화한다. 마지막으로 초월주의자들은 아름다움에 민감하게 반응한다. 에머슨에게 자연이 중요한 것은, 자연 속에 일상을 완전히 초월하여 스스로 비전이 되는 아름다운 순간이 있기 때문이다.

보통 소로의 삶은 월든 호숫가에 오두막을 짓고 『월든』과 『시민 불복종(Civil Disobedience)』 등을 쓰며 가장 왕성한 작품 활동을 한 시기(1845~1850)와 월든 호수에서 다시 일상으로 돌아온 후 죽을 때까지의 시기(1851~1862)로 나뉜다. 우리가 여기에 번역한 글들은 대부분 후기 작품으로, 자연의 아름다움에 대한 관찰과 공감으로 가득 차 있다. 소로의 사상을 이해하기 위해서는 『월든』과 『시민 불복종』을 살펴볼 필요가 있다. 소로는 실제로 2년 2개월 2일 동안 월든 호숫가에서 살았고 이때의 경험을 바탕으로 『월든』을 썼다. 그는 2년여의 기간을 1년으로 축약해서 월든 호수의 사계절을 보여 준다. 소로는 초월주의자답게 개인의 가치, 특히 "자립"의 가치를 옹호하고 그것을 몸소 실천해 보인다. 『월든』이 집 짓는 비용을 일일이 계산하고 분석한 「경제」라는 장으로 시작하는 것도 경제적 자립을 어떻게 직접 실천해 냈는지 보여 주기 위해서일 것이다. 그에게 자립은 경제적이고 사회적인 것이지만, 또한 정신적인 것이기도 하다. "수많은 사람들이 조용히 필사적인 삶을 영위"하지만 자신은 당대의 필사적인 삶의 방식을 따르지 않고 "차분하게" 살기 위해 독립적으로 자기만의 삶의 방식을 택했다. 그는 『월든』을 통해 당대의 표준적 삶의 패턴에서 벗어난, 즉 '소박한 미니멀리즘적' 삶의 방식이 옳을 뿐 아니라 가능함을 보여 주었다. 이 책이 발표되었을 때 에머슨은 "모든 미국인이 『월든』을 읽고 즐거워한다."라고 했지만, 실상 출간 당시에는 5년에 걸쳐 2000부 남짓 팔리고 절판되었다. 하지만 20세기에 들어 『월든』이 재발견됨으로써 현재 전 세계적으로 읽히는 베스트셀러가 되었으며, 소로는 환경론자와 작가들에게 영감을 제공하는 가장 영향력 있는 작가가 되었다.

월든 호숫가에 살던 기간 동안 소로는 인두세 징수를 거부하여 하룻밤 감옥살이를 했다. 이 경험을 바탕으로 그는 『시민 불복종』을 썼다. 여기서 그는, 개인은 양심에 따라서 행동해야 하며 맹목적으로 법과 정부 정책을 따라서는 안 된다고 강력하게 주장했다. "나에게 지킬 권리가 있는 유일한 의무는 언제든 내가 옳다고 생각하는 것을 하는 것이다." 그가 중시한 것은 개인의 양심에 따른 판단이다. "나는 잠시일지라도 노예제를 기반으로 하는 정부를 나의 정부로 인정할 수 없다.” 소로에 따르면, 사실 정부는 원래부터가 부패와 부당함의 주체다. 특히 정부가 노예제 같은 것을 옹호할 때는 어떤 어려움이 있고, 또 어떤 희생이 따르더라도 저항해야 한다는 것이다. 1849년 출판 이후 『시민 불복종』은 전 세계 저항 운동 지지자들에게 영감을 불어넣었다. 마하트마 간디는 원칙을 위해 감옥에 간 소로의 행동이 당대 인도에도 적용될 수 있다고 생각하여 독립운동의 방식으로 채택했으며, 마틴 루서 킹은 어린 시절에 소로의 글을 읽고 감명받아 비폭력적 저항을 생각하게 되었다고 한다.

거듭 말하지만, 여기에 번역한 대부분의 글들은 소로가 1851년 이후에 쓴 후기작이다. 소로의 후기 작품들은 높은 평가를 받지 못했으나 환경사와 생태학이 학문으로, 또 대중적으로 영향력을 발휘하면서 그의 자연에 대한 관찰과 공감도 재평가되었다. 후기의 소로는 점점 더 자연사와 동식물 관찰에 매료되었다. 이미 『월든』에서 계절의 변화, 숲에 사는 동물들을 자세히 관찰하고 마멋부터 메추라기에 이르기까지 새들의 습성을 자세히 기록한 바 있다. 가을에서 겨울로 변할 때 소로는 다람쥐, 토끼, 여우가 식량을 모으는 모습을 유심히 보고 철새의 이동을 관찰하고 숲을 피해서 자기 오두막으로 기어들어 온 해충들조차 환영한다. 이러한 겨울에 대한 관찰은 이 책에 수록된 「겨울 산책」에 더욱 발전된 형태로 드러난다. 겨울의 풍경이 하나의 그림처럼 구체적으로 드러날 뿐 아니라 스케이트를 타고 가는 장면에서는 자연과 자아의 합일마저 느껴진다.

「걷기」는 그의 일기를 바탕으로 한 글로, 1851년 ‘걷기’와 ‘산책’이라는 두 개의 강연 형태로 발표되었고 소로 사후인

1862년 6월 《월간 애틀랜틱(Atlantic Monthly)》에 게재되었고, 훗날 『소풍(Excursion)』이라는 책의 한 장으로 포함되었다. 이 글의 첫 부분에서 말하듯이, 소로에게 걷기는 성지 순례를 통해 성지를 탈환하는 일이며 비록 자신이 매일 집으로 돌아오기는 하지만 자신이 바라는 걷기는 일상을 뒤로하고 모험심에 차서 다시는 돌아오지 않는 것이다. 그는 동네 사람들이 너무나 사회와 일상생활에 얽매여 '제대로' 걷지 못하는 점을 비판한다. 「걷기」는 문명에 대한 비판과 야성적 본능에 대한 옹호를 근간으로 삼고 있으며, 문명과 야성의 대조는 자신의 동네와 숲의 대조, 구세계인 유럽과 신세계인 미국의 대조로 확대된다. 소로는 본능적으로 서쪽으로 걷고 싶다면서, 동쪽은 과거, 즉 구세계의 역사와 예술, 문학을 뜻하는 반면 서쪽은 숲과 미래와 모험에 찬 신세계를 뜻한다고 언급한다. 더 나아가 신세계인 미국이 언젠가 도달할 미국만의 철학, 시, 종교의 높은 수준을 상징한다고 본다. 소로는 우리가 인정하든 인정하지 않든, 우리에겐 야성이 숨겨져 있으며 그런 야성은 영감에 찬 순간이나 분노한 순간에 튀어나온다고 한다. 우리의 야성은 억압되고 조급하게 문명화를 강요당하지만 완벽하게 문명화되거나 유용한 지식에 매달려서는 안 된다고 주장한다. 그가 옹호하는 것은 오히려 "유용한 무지"다.

소로는 말년에 식물학 서적을 두루 읽고, 식물을 관찰한 뒤 일기에 적어 두었다. 과일이 어떻게 익어 가고, 나뭇잎의 모양과 색깔이 시시각각 어떻게 변화하는지를 관찰했다. 이렇듯 날카로운 관찰은 그의 사후인 1862년 《월간 애틀랜틱》에 발표된 「가을의 색」에 잘 나타나 있다. 그는 8월 20일 무렵에 마주한 보라색 풀들로부터 시작해, 9월 25일경에 본 홍단풍, 10월 초 눈에 띈 느릅나무, 10월 16일쯤 우수수 떨어진 낙엽, 10월 중순 이후에 혼자 빛나는 설탕단풍, 10월 말쯤 절정에 이르는 꽃처럼 아름다운 주홍떡갈나무까지 나무줄기, 나뭇잎, 꽃의 형태와 색에 대해 세밀하게 묘사한다.

초월주의의 한 특징인 자연의 아름다움에 대한 민감한 반응은 「달빛 속을 걷다」에 두드러진다. 에머슨은 자신이 경험한 최고의 아름다움으로 "투명한 눈동자"가 되었던 경험을 꼽았다. 에머슨은 홀로 숲에 있으면서 "상큼한 대기에 머리를 담그고 끝없는 우주로 상승하는" 경험을 했으며, 이 순간 "자아는 경험에서 사라지고 마치 자신이 하나의 시각"이 되어 "무한히 영원한 아름다움"을 바라보았다고 한다. 「달빛 속을 걷다」에 나타난 밤의 변화와 밤이 펼쳐 보이는 환상적인 풍경은 아름다울 뿐 아니라 정신의 고양을 보여 준다는 점에서 에머슨의 체험과 상통하지만, 에머슨의 "투명한 눈동자"가 하나의 비전이 된 자아에 집중되어 있다면 「달빛 속을 걷다」의 소로는 자연 자체의 잠재성을 드러낸다. 달빛 아래서는 사방에서 새로운 것이 나타난다. 태양 대신 달과 별이, 개똥지빠귀 대신 쏙독새가, 나비 대신 반딧불이 있을 뿐 아니라 마을의 건물들조차 달의 지배를 받으면서 그곳 거리도 숲처럼 야성을 띤다.

1851년 이후 소로는 자신의 또 다른 열정을 여행에 투자했다. 그는 케이프 코드로 네 차례, 메인주로 세 번, 퀘벡으로 한 차례 여행을 갔고, 자신의 경험을 『캐나다의 양키(A Yankee in Canada)』, 『케이프 코드(Cape Cod)』, 『메인주 숲(The Maine Woods)』으로 남겼다. 여기에 실린 「하일랜드 등대로」는 1850년대 소로가 케이프 코드에 위치한 하일랜드 등대를 여러 번 방문한 뒤 쓴 글로, 그의 사후인 1864년《월간 애틀랜틱》에 수록됐다. 그는 등대가 있는 케이프 코드 주변 해안을 자세히 묘사하고, 이곳 사람들의 삶을 묘사한 후 여기에 서식하는 동식물들을 소개하고, 끝으로 등대 내부와 등대 주변 풍경을 보여 주며 등대지기와 나눈 대화를 전한다. 특히 해안 식물에 관한 세밀한 관찰은, 그가 말년에 식물에 대해 가졌던 열정을 보여 준다. 자신이 죽어 가는 것을 알고서 소로가 남긴 마지막 말은 "이제 곧 멋진 항해를 하겠군."이었다. 그의 무덤은 현재 매사추세츠 콩코드에 있는 슬리피할로우 묘지에 있다.

대학교 4학년 때 소로의 책을 처음 접하였는데, 대부분의 사람들처럼 『월든』을 읽었다. 그 후 월든 호수와 오두막집터를 직접 보았을 때, 호수의 깊이를 재고, 낚시를 하고, 숲속의 동물을 관찰하고, 지나가는 이웃과 이야기하던 소로의 모습이 떠올랐다. 근처 콩코드 박물관에서 소로가 오두막에서 썼던 가구들을 보았을 때는 그의 삶이 더욱더 가깝게 느껴졌다. 다른 소로 독자들처럼 나도 『월든』을 곁에 두고 여러 번 읽었고, 언젠가 그의 작품을 직접 번역해 보고 싶었다. 민음사 유상훈 편집자의 기획으로 소로의 후기 작품을 번역할 수 있는 행운을 얻었다. 원고의 편집을 맡아 준 민음사의 편집자들, 처음에 초고를 타이핑해 준 이정윤 조교, 수정 작업을 도와준 김건희 조교와 이지민에게도 감사드린다.

옮긴이
조애리

서울대학교 영문학과를 졸업하고 같은 학교 대학원에서 석사, 박사 학위를 받았다. 현재 카이스트(KAIST) 인문사회과학부 교수로 재직 중이다. 옮긴 책으로는 샬럿 브론테의 『제인 에어』, 헨리 제임스의 『밝은 모퉁이 집』, 마크 트웨인의 『왕자와 거지』, 레이 브래드버리의 『민들레 와인』, 제인 오스틴의 『설득』 등 다수가 있으며, 저서로는 『성 · 역사 · 소설』, 『역사 속의 영미 소설』, 『19세기 영미 소설과 젠더』가 있다.

달빛 속을 걷다

1판 1쇄 펴냄 2018년 3월 30일
1판 5쇄 펴냄 2024년 4월 29일

지은이 헨리 데이비드 소로
옮긴이 조애리
발행인 박근섭, 박상준
펴낸곳 (주)민음사

출판등록 1966. 5. 19. 제16-490호
서울시 강남구 도산대로 1길 62(신사동)
강남출판문화센터 5층 06027
대표전화 02-515-2000 팩시밀리 02-515-2007
www.minumsa.com



ISBN 978 89 374 2931 6 04800
ISBN 978 89 374 2900 2 (세트)

* 잘못 만들어진 책은 구입처에서 교환해 드립니다.

**쏜살**

외투 니콜라이 고골 | 조주관 옮김
차나 한 잔 김승옥
검은 고양이 에드거 앨런 포 | 전승희 옮김
두 친구 기 드 모파상 | 이봉지 옮김
순박한 마음 귀스타브 플로베르 | 유호식 옮김
남자는 쇼핑을 좋아해 무라카미 류 | 권남희 옮김
프라하로 여행하는 모차르트 에두아르트 뫼리케 | 박광자 옮김
페터 카멘친트 헤르만 헤세 | 원당희 옮김
권태 이상 | 권영민 책임 편집
반도덕주의자 앙드레 지드 | 동성식 옮김
법 앞에서 프란츠 카프카 | 전영애 옮김
이것은 시를 위한 강의가 아니다 E. E. 커밍스 | 김유곤 옮김
엄마는 페미니스트 치마만다 응고지 아디치에 | 황가한 옮김
걸어도 걸어도 고레에다 히로카즈 | 박명진 옮김
태풍이 지나가고 고레에다 히로카즈 · 사노 아키라 | 박명진 옮김
조르바를 위하여 김욱동
달빛 속을 걷다 헨리 데이비드 소로 | 조애리 옮김
죽음을 이기는 독서 클라이브 제임스 | 김민수 옮김
꾸밈없는 인생의 그림 페터 알텐베르크 | 이미선 옮김
회색 노트 로제 마르탱 뒤 가르 | 정지영 옮김
참깨와 백합 그리고 독서에 관하여 존 러스킨 · 마르셀 프루스트 | 유정화 · 이봉지 옮김
순례자 매 글렌웨이 웨스콧 | 정지현 옮김
마르그리트 뒤라스의 글 마르그리트 뒤라스 | 윤진 옮김
너는 갔어야 했다 다니엘 켈만 | 임정희 옮김
무용수와 몸 알프레트 되블린 | 신동화 옮김
호주머니 속의 축제 어니스트 헤밍웨이 | 안정효 옮김
밤을 열다 폴 모랑 | 임명주 옮김
밤을 닫다 폴 모랑 | 문경자 옮김
책 대 담배 조지 오웰 | 강문순 옮김
세 여인 로베르트 무질 | 강명구 옮김
시민 불복종 헨리 데이비드 소로 | 조애리 옮김
헛간, 불태우다 윌리엄 포크너 | 김욱동 옮김
현대 생활의 발견 오노레 드 발자크 | 고봉만 · 박아르마 옮김
나의 20세기 저녁과 작은 전환점들 가즈오 이시구로 | 김남주 옮김